वीर शिवाजी की कहानियाँ

अजेय कुमार

ग्रंथ अकादमी, नई दिल्ली

प्रकाशक : ग्रंथ अकादमी,
भवन संख्या-19, पहली मंजिल, 2, अंसारी रोड, दरियागंज, नई दिल्ली-110002
सर्वाधिकार : सुरक्षित / संस्करण : 2023 / मूल्य : चार सौ रुपए
मुद्रक : नरुला प्रिंटर्स, दिल्ली ISBN 978-93-83110-11-7

VEER SHIVAJI KI KAHANIYAN

by Shri Ajey Kumar ₹ 400.00

Published by Granth Akademi, Building No. 19, First Floor
2, Ansari Road, Daryaganj, New Delhi-110002

अपनी बात

मराठा राज्य के संस्थापक महान् योद्धा, वीर शिवाजी जब पैदा हुए तो भारत में मुगलों का राज था। मराठा वीर विभिन्न मुगल शासकों के अधीन काम करते थे। इनके पिता शाहजी भी बीजापुर के शासक मुहम्मद आदिलशाह के अधीन काम करते थे। शिवाजी की माताजी का नाम जीजाबाई था। इन्होंने ही शिवाजी को वीरता का पाठ पढ़ाया था। 13 वर्ष की आयु में ही शिवाजी ने अपने स्वतंत्र राज्य का स्वप्न देखना आरंभ कर दिया था। यहाँ तक कि शिवाजी ने बीस वर्ष की आयु में बीजापुर के तोरण दुर्ग पर अधिकार कर लिया था।

वीर शिवाजी की वीरता के ऐसे ही न जाने कितने किस्सों से इतिहास के पन्ने भरे पड़े हैं। प्रस्तुत पुस्तक में हमने भारत की पुण्य धरती पर जनमे इस महायोद्धा की कथाओं को संगृहीत करने का प्रयास किया है। आशा है, पाठकों को हमारा यह प्रयास सराहनीय लगेगा।

–प्रकाशक

अनुक्रमणिका

शिवाजी का जन्म

19 फरवरी, 1630 को जीजाबाई ने एक सुंदर पुत्र को जन्म दिया। इसकी सूचना देने के लिए एक दूत शिवनेरी से भेजा गया, जिसने पुत्र जन्म की सूचना शाहजी को दी, परंतु स्वामी के प्रति कर्तव्यनिष्ठा से बँधे होने के कारण वे तुरंत शिवनेरी नहीं आ सके।

पुत्र का नाम रखा गया शिवाजी। पुत्र बहुत सुंदर और अच्छे लक्षणों वाला था। माता जीजाबाई हर समय यह इंतजार करती रहतीं कि कब शाहजी आएँ और अपने पुत्र को देखकर खुशियों में शामिल हों।

परंतु दक्षिण में उथल-पुथल के कारण शाहजी अधिक दिन शिवनेरी में न ठहर सके। शाहजहाँ ने स्वयं दक्षिण पहुँचकर शाहजी को वहाँ बुला लिया।

युद्धों में रत शाहजी बड़ी मुश्किल से पुत्र व पत्नी के साथ कुछ समय बिता पाए थे। दक्षिण में पहुँचकर वे फिर इतने व्यस्त हो गए कि बेटे से मिलने का समय न निकाल सके।

जीजाबाई को अकेले ही पुत्र का लालन-पालन करना पड़ा। उनके साथ उनके श्वसुर विठोजी रहते थे। विठोजी अपने पौत्र शिवाजी को बहुत प्यार करते थे। वे शिवा को भगवान् शिव की विशेष शक्ति मानते थे। शिवनेरी के महाराज की सुरक्षा और देखरेख में यद्यपि जीजाबाई को

सभी सुविधाएँ उपलब्ध थीं, परंतु पति से अलग रहने की पीड़ा उन्हें सालती रहती थी। प्रिय पुत्र शिवा के पालन-पोषण में तथा उसे अच्छे संस्कार देने में वे अपना पूरा समय लगा देती थीं और एक सुनहरे भविष्य की कल्पना कर गद्‌गद हो उठती थीं।

स्वराज का सपना सँजोने वाले बालक शिवा का जन्म विषम हालातों में हुआ था। जन्म से पूर्व ही बालक को भाग्यशाली माना जाने लगा था। चारों ओर उमड़ते युद्ध के बादल, आदिलशाही के साम्राज्य विस्तार के लिए दिल्ली की मुगलशाही और दौलताबाद की निजामशाही से जूझते वीर पिता शाहजी तथा महीनों तक पति के दर्शन को तरसतीं माँ जीजाबाई। यह नजारा था शिवा के जन्म से पूर्व। जीजाबाई को सदैव यही चिंता लगी रहती थी कि इस लड़ाई के मोरचे से उनके पति सकुशल लौट आएँ तो वे अपने गर्भ में पल रहे बालक को भाग्यशाली मानेंगी।

मुगल सम्राट् शाहजहाँ मराठा क्षेत्र में शाहजी के महत्त्व को समझता था उसका बेटा औरंगजेब, जो बाद में बादशाह बन गया था, भी शाहजी के महत्त्व को जानता था।

शाहजी के मन में मूलतः अपना राज्य स्थापित करने की योजना थी। हिंदुओं के अपने राज्य का महत्त्व वे अच्छी तरह समझते थे।

हिंदू शासकों में आपसी मतभेद इतने तीव्र थे कि उनके एक जुट होने की संभावनाएँ काफी कम थीं। मुसलिम शासक हिंदुओं में फूट डालो और शासन करो की नीति अपना रहे थे। यहाँ तक कि शाहजी का

खानदान भी ऐसी ही फूट का शिकार था। शाहजी की पत्नी जीजाबाई का भाई और शाहजी के भाई आपस में युद्ध करते हुए मारे गए। इस घटना से साफ जाहिर था कि शाहजी के अपने कुटुंब में कितना विभाजन था। हिंदू राजाओं में परस्पर एकता, सौहार्द का बेहद अभाव था, जिसका लाभ मुगल शासकों को बराबर मिला।

हिंदुओं की आपसी फूट का फायदा मुगल शासकों ने खूब उठाया।

हिंदू जीवनधारा, हिंदू-संस्कृति, हिंदू धर्म सब लहूलुहान थे। मुसलिम हमलावरों और शहंशाहों की तूती बोल रही थी। मुसलिम सल्तनतों में लड़ाइयाँ होती थीं, हिंदू सैनिक युद्ध में अपने भाइयों का रक्त बहाते हुए युद्ध जीतते थे और विडंबना यह थी कि जीत किसी-न-किसी मुसलिम शहंशाह की ही होती थी।

इन परिस्थितियों में जी रही जीजाबाई सदैव यही सोचती रहती थीं कि इस भूमि का उद्धार कैसे होगा? दूर देश से आए चंद हमलावर मुसलमान इतनी बड़ी सल्तनतों के स्वामी कैसे बन गए? ऐसे अनेक प्रश्न जीजाबाई के मन को मथते रहते थे।

वीर बालक शिवाजी

दरबारियों ने अपना-अपना स्थान ग्रहण किया हुआ था। दरबारी उद्घोषक ने घोषणा की, "शाहजी और उनका पुत्र शिवाजी आदिलशाह के दरबार में पधार रहे हैं।" बादशाह के समक्ष पहुँचने पर शाहजी ने झुककर हाथ हिलाते हुए बादशाह को कुरनिसात किया और शिवाजी से बोले, "बेटा, यह शहंशाह आदिलशाह हैं, यह हमारे पालनहार हैं, इन्हें प्रणाम करो।"

परंतु बालक शिवा पर पिता के इन शब्दों का कोई असर नहीं हुआ। दरबार की शान-शौकत देखकर न बालक चौंका, न घबराया था। बादशाह की आँखों में भी उसने निर्भीकता से देखा, परंतु प्रणाम नहीं किया। अन्य सरदारों ने यह देखा तो सन्न रह गए। बादशाह की मुसकान की सहजता सिमटने लगी थी। कुछ दरबारी जो शाहजी के परम हितैषी थे, बच्चे के समीप पहुँचे और कहने लगे, "बादशाह को तुरंत कुरनिसात करो, देखो, ऐसे जैसे हम कर रहे हैं, बादशाह बहुत दयालु हैं, वे तुम्हें ढेरों उपहार देंगे।"

परंतु बालक शिवा पर इन सबके कहने का कोई भी प्रभाव नहीं पड़ा। उसने इन सबके चेहरों पर दृष्टि डाली और फिर ऊँचे सिंहासन पर बैठे आदिलशाह को घूरकर देखा। बादशाह कुछ बोलने को हुआ।

तभी बालक शिवा की भवें तन गईं और क्रोध में मुख से ये शब्द निकले, "कभी नहीं, कभी नहीं।"

चारों ओर खलबली मच गई। सरदारों के मुख से तरह-तरह की टिप्पणियों की बौछार हुई, "ये...यह...क्या लगता है यह लड़का पागल है, दरबार की शान-शौकत देखकर घबरा गया। छोटा बच्चा है, जाने दो।"

अफजल खान ने धीरे से कहा, "साँप का बच्चा।"

शाहजी पुत्र के अमंगल की आशंका से घबरा गए और बादशाह के सम्मुख झुककर क्षमा माँगते हुए बोले, "जहाँपनाह, यह अभी बालक है, इसे दरबार के अनुशासन की जानकारी नहीं है।"

आदिलशाह सहज आत्मीयता का प्रदर्शन करते हुए बोला, "कोई बात नहीं शाहजी मैं सब समझता हूँ। आज नहीं तो कल सीख जाएगा। अभी इसे घर भेज दीजिए और अच्छी तरह पढ़ा-लिखाकर योग्य बनाइए, फिर हमारे दरबार में लाइए। हम इसे बहुत बड़ा इनाम देंगे।"

शाहजी ने तुरंत बालक शिवा को अपने सेवकों के साथ घर भेज दिया। कम आयु में ही शिवाजी को यह अहसास हो गया था कि इस देश के निवासी गरीबी और दासता का जीवन बिता रहे हैं, जबकि सुदूर से आए मुसलिम हमलावरों के वंशज यहाँ के लोगों की अर्जित संपत्ति पर मौज-मस्ती कर रहे हैं। क्रूर शासक मखमल और रेशम पहनते हैं और मेहनतकश लोगों के तन पर फटे-पुराने कपड़े हैं।

नन्हे बालक के हृदय पर इस घटना ने अमिट छाप छोड़ दी थी।

शिवाजी और कसाई

एक दिन शिवाजी ने देखा कि एक दाढ़ीवाला मुसलमान एक गाय को हाँकता, बल्कि घसीटते हुए ले जा रहा था। उसके हाथ में एक डंडा था, जिससे वह गाय को बार-बार पीट रहा था।

बालक शिवा ने राजपूती शान की प्रतीक छोटी तलवार लटका रखी थी। उस आदमी की गाय के प्रति क्रूरता देखकर शिवाजी की भवें तन गईं। उन्होंने सेवकों से पूछा, "यह दुष्ट व्यक्ति कौन है, जो गाय को पीट रहा है?"

"यह कसाई है।" एक सेवक ने कहा।

"परंतु यह गाय को इस प्रकार कष्ट क्यों दे रहा है?"

दूसरा सेवक बोला, "इस गाय को इसने खरीद लिया है। अब यह इसे कसाई-घर ले जाकर काटेगा और इसका मांस बेचकर रुपए कमाएगा।"

इतना सुनते ही बालक शिवा ने म्यान में से नन्ही तलवार निकाली और आवेश में कसाई को ललकारते हुए उस पर हमला कर दिया। एक ही वार में कसाई का वह हाथ शिवा ने काट डाला, जिसमें डंडा पकड़े वह गाय को पीट रहा था।

यह नजारा देखकर भीड़ घटनास्थल की ओर दौड़ पड़ी। खून से सनी

तलवार हाथ में पकड़े वीर बालक शिवाजी गर्व से मस्तक ऊँचा किए तनकर खड़ा हो गया। बच्चे का गुस्से से तमतमाता हुआ चेहरा देखकर किसी की आगे बढ़ने की हिम्मत नहीं हुई।

सेवकों ने भीड़ को बताया कि यह बालक वीर योद्धा शाहजी का बेटा है। सेवक बालक शिवा को समझा-बुझाकर घर ले गए।

बालक शिवा की बहादुरी का यह किस्सा शीघ्र ही आदिलशाह के दरबार तक जा पहुँचा। शाहजी को जब यह समाचार मिला तो वे चिंतित हो उठे और तुरंत घर पहुँचे। फिर उन्होंने शिवाजी को बंगलौर भेज दिया और मामले को रफा-दफा करने में लग गए।

महत्त्वाकांक्षी शिवाजी

शिवाजी बाल्यावस्था से ही विलक्षण प्रतिभा के धनी थे। दस वर्ष की आयु में ही वे हिंदू साम्राज्य स्थापना के सपने सँजोने लगे थे। शाहजी अपने पुत्र शिवाजी के गुणों को परख चुके थे कि वह महत्त्वाकांक्षी है। अब शिवा दस वर्ष के हो गए थे। उन्होंने घुड़सवारी करना, हथियार चलाना, पढ़ना-लिखना और न्याय करना सीख लिया था। माता जीजाबाई शिवाजी की सबसे बड़ी प्रेरणा थीं और दादोजी मार्गदर्शक एवं संरक्षक। शिवाजी अपनी जागीर के चारों ओर खड़े उन किलों को बड़ी उत्सुकता से देखा करते थे, जिन पर बादशाहों का कब्जा था। इनमें से कई किले ऐसे थे, जो कभी शाहजी के कब्जे में थे। शिवाजी इन किलों को जीतकर फिर से अपना कब्जा करने को मचल उठते थे। शत्रुओं के किले जीतकर अपने छोटे से साम्राज्य को विस्तार देने की शिवाजी की इच्छा बलवती हो उठती थी। जीजाबाई शिवाजी को वीरों की गाथाएँ सुनाकर उन्हें हिंदू साम्राज्य की स्थापना के लिए प्रेरित करती थीं।

दस वर्ष की अल्पायु में ही शिवाजी हिंदू साम्राज्य की स्थापना के सपने देखने लगे थे और इसी आयु में 16 मई, 1640 को सईबाई नामक कन्या से उनका विवाह संपन्न करा दिया गया। युद्ध में व्यस्त रहने के कारण शिवाजी अपने पुत्र के विवाह में शामिल नहीं हो सके।

इस बीच शाहजी बंगलौर की जागीर को व्यवस्थित कर एक शानदार राज्य में परिवर्तित कर चुके थे। उन्होंने पत्नी जीजाबाई को संदेशा भेजा कि वे पुत्र शिवाजी तथा पुत्रवधू को लेकर दादोजी के साथ बंगलौर आ जाएँ। पूरा परिवार बंगलौर पहुँच गया। अब शिवाजी अपनी पत्नी व माता-पिता के साथ दो वर्ष तक बंगलौर में रहे। शिवाजी के बड़े भाई शंभाजी अपने पिता शाहजी के साथ बंगलौर में ही रहते थे। बंगलौर प्रवास के दौरान शिवाजी अपने बड़े भाई शंभाजी तथा पिता शाहजी के साथ अनेक बार युद्धों में भी गए और लड़ाई के मैदानों की रणनीतियों व गतिविधियों को जानने और समझने के अनेक अवसर उन्हें प्राप्त हुए। इस काल में शाहजी ने अनुभव किया कि उनका पुत्र शिवा अत्यधिक विवेकशील, नीति-निपुण और महत्त्वाकांक्षी है। उसकी एकमात्र इच्छा अपना स्वतंत्र साम्राज्य स्थापित करने की है। शिवाजी की इस महत्त्वाकांक्षा से शाहजी बहुत प्रसन्न हुए। उन्होंने अपने पुत्र शिवाजी को युद्ध कौशल की बारीकियों, गूढ़ता आदि को भली-भाँति समझाकर पूना भेज दिया। पूना जाने से पहले उन्होंने मोहित कुल की कन्या सोभाबाई से शिवाजी का दूसरा विवाह करवा दिया था।

बारह वर्ष के शिवाजी 1642 में दो पत्नियों को लेकर जीजाबाई और दादोजी कोंडदेव तथा राज्य-कार्य संचालन में दक्ष व्यक्तियों के दल के साथ पूना वापस लौटे। इन दक्ष व्यक्तियों में प्रमुख थे-बालकृष्ण पंत 'हणमंते', सोनी विश्वनाथ, रघुनाथ बल्लाल अत्रे और श्यामराव नीलकंठ।

पूना पहुँचते ही सबसे पहले दादोजी ने मावल प्रांत पर आधिपत्य जमाने की योजना बनाई। इस योजना के पीछे शिवाजी की स्वराज स्थापित करने की महत्त्वाकांक्षा थी। बारह मावल पूना के उत्तर में थे और बारह ही दक्षिण में थे। हर मावल का शासन-प्रमुख देशमुख घराना होता था। देशमुख राजा माने जाते थे। हर मावल के सभी कार्य देशमुख की आज्ञा से होते थे। मावलों के प्रमुख आपस में प्रायः दुश्मनी रखते थे। मावलों के प्रमुख एक-दूसरे को नीचा दिखाने की जुगत में रहते थे, वहीं मुसलिम अफसरों के आगे जी-हुजूरी करने में अपना गौरव समझते थे।

ऐसे दुर्बुद्धि लोगों को आपसी मनमुटाव भुलाकर एकता के सूत्र में बाँधने का काम अत्यधिक कठिन था, परंतु शिवाजी की कामना और दादोजी के प्रयासों से यह सब संभव किया गया। शिवाजी केवल महत्त्वाकांक्षी ही नहीं थे, बल्कि अत्यधिक कर्मठ तथा अपनी आयु के हिसाब से असाधारण रूप से सक्रिय थे। दादोजी ने सभी मावल-प्रमुखों से संपर्क किया और समझाया कि शिवाजी एक ऐसा स्वराज स्थापित करना चाहते हैं, जिसमें छोटे-बड़े सभी देशी राजा शामिल हों और मिलकर एक महाशक्ति बन जाएँ, जिससे कोई मुसलिम शक्ति हमें कुचल न सके। जो लोग मावल में मुसलिम हस्तक्षेप के विरोधी थे, उन्हें यह युक्ति जँच गई। वे शिवाजी के मित्र बन गए और गाँव-गाँव घूम-घूमकर शिवाजी के पक्ष में प्रचार करने लगे।

स्वराज्य निर्माण का संकल्प

शिवाजी में राष्ट्र-प्रेम व स्वराज्य स्थापना की भावना जन्म से ही कूट-कूटकर भरी थी। उन्होंने अपने सपनों को मूर्त रूप देने का प्रयास शुरू कर दिया। रणवाहिनी का संगठन इस दिशा में किए जा रहे प्रयास की एक कड़ी थी। शिवाजी ने अब जनसंपर्क अभियान की कमान सँभाल ली थी। शिवाजी अपने विश्वसनीय साथियों, रक्षकों तथा सेवकों के साथ गाँव-गाँव जाते और लोगों से मिलकर उनका विश्वास प्राप्त करते, उनका मनोबल ऊँचा करते। इस प्रयास से कुछ ही दिनों में मावलों के प्रमुख शिवाजी के साथ आने पर सहमत हो गए और वहाँ की जनता शीघ्र ही शिवाजी की शक्ति बन गई, परंतु जो दुष्ट और नीच प्रवृत्ति के थे, उन्हें यह योजना खटकी। उन्होंने इसकी खबर मुसलिम अधिकारियों तक पहुँचाने के प्रयास किए तथा क्षेत्र में अशांति फैलाने की कोशिश की। ऐसे लोग गिरफ्तार किए गए और उन्हें समुचित दंड दिया गया। शिवाजी पूरी क्षमता से अपने दायित्वों के निर्वाह में जुट गए। शिवाजी टूटे हुए मंदिरों का पुनर्निर्माण करवाने लगे।

शिवाजी के सभी साथी युवा, उद्यमी और उत्साही थे। वे नव-निर्माण का संकल्प लेकर शिवाजी के नेतृत्व में स्वराज्य का निर्माण करने चल पड़े।

शिवाजी का यह कार्य अत्यंत कठिन था। जहाँ शिवाजी अपने युवा साथियों के पूना के दक्षिण में एक दिन पूना से 50 मील की दूरी पर रामेश्वर महादेव के मंदिर में एकत्रित हुए और रात भर विचार-विमर्श के बाद उन सबने महादेव को साक्षी मानकर स्वराज्य निर्माण का महासंकल्प लिया।

स्वराज्य स्थापना के संकल्प के साथ ही शिवाजी ने अपनी रणवाहिनी का संगठन किया। प्रशिक्षित युवकों को यथायोग्य स्थान दिए गए। पूना के आस-पास के क्षेत्र में जो किले थे, उन पर कब्जा करने की योजना पर कार्य होने लगा।

यहाँ मुगलों का कब्जा था, वहीं गोवा पुर्तगालियों के कब्जे में था। हिंदू विभाजित थे। ऐसी विषय परिस्थितियों में यह कहना कठिन था कि कौन शिवाजी के साथ है और कौन उनका विरोधी। तब भी शिवाजी ने अपना हौसला बनाए रखा। अपनी रणनीति को कामयाब करने की जुगत में लगे रहे। मुसलिम शासक सत्ता-मद में इतने चूर थे कि उन्होंने शिवाजी की आरंभिक सफलताओं पर विशेष ध्यान नहीं दिया। सुखद परिणाम यह हुआ कि शिवाजी को अपना संगठन खड़ा करने में कोई दिक्कत नहीं आई।

शिवाजी का अभियान

मुगल शासकों के मद में चूर रहने की कमजोरी के चलते शिवाजी रणवाहिनी द्वारा अपने उद्देश्य को पूरा करने की दिशा में सीढ़ी-दर-सीढ़ी आगे की ओर अग्रसर होते गए। इसी क्रम में सबसे पहले शिवाजी की रणवाहिनी ने तोरण दुर्ग पर हमला बोला। पूना से चौबीस मील की दूरी पर स्थित यह दुर्ग बीजापुर के अधीन था। बीजापुर दरबार का यह एक उपेक्षित दुर्ग था। पहरेदारों के छोटे से दल को डरा-धमकाकर शिवाजी ने यह किला छीन लिया और फिर शीघ्र ही उसकी मरम्मत कर उसे युद्ध के लिए इस्तेमाल करने की रणनीति बनाई गई। इस किले की मरम्मत के समय प्राचीर की खुदाई करने पर शिवाजी को खजाना हाथ लगा। इस खजाने ने शिवाजी की किस्मत को चमका दिया।

तोरण दुर्ग में छह मील की दूरी पर मुरुमदेव के पहाड़ पर एक अधूरा किला था। इस पर शिवाजी तथा उनके समर्थकों की नजर पड़ गई। उन्होंने खजाने से प्राप्त सारा धन व्यय कर इस किले को पूरा करवाया और उसका नाम रखा 'राजगढ़'। फिर पूना के पश्चिम में स्थित पौंड़ घाटी में वहाँ के देशमुखी के अधीन कुँवारीगढ़ था। शिवाजी ने कुँवारीगढ़ पर आक्रमण किया और बिना खून बहाए ही उस किले को

जीतकर अपने अधीन कर लिया। इसके बाद एक-एक कर आस-पास के किलों पर शिवाजी और उनकी टोली ने अधिकार जमा लिया। किलों की व्यवस्था के लिए दुर्गपति नियुक्त किए गए, खाद्य सामग्री का संग्रह किया गया तथा दुर्गों की सुरक्षा के लिए दुर्ग प्रहरी नियुक्त किए गए।

शिवाजी जब आस-पास के लगभग सभी किलों पर भगवा ध्वज फहरा चुके, तब जाकर सत्ताधीशों की नींद खुली और वे हैरान हो गए कि एक साधारण से युवक ने संसाधनों और पर्याप्त सैनिक शक्ति के बिना इतना सब कैसे कर डाला। सिरवल में एक छोटा सा किला था, जिसकी देखभाल के लिए कर्मचारियों का दल ही था, सुरक्षा के लिए पर्याप्त सेना न थी। सिरवल में बीजापुर नरेश का एक अमीन रहता था। शिवाजी के नवप्रशिक्षित सैनिक अत्यधिक वफादार थे। उन्हें निर्देश था कि बादशाह के अमीन तक कर का पैसा न पहुँचने दें। मावलों के प्रमुख देशमुख बादशाह के प्रति उत्तरदायी थे। वे जब भी कर वसूली करके पैसा अमीन के पास पहुँचाने का प्रयास करते, शिवाजी के सैनिक उन्हें रास्ते में ही रोक लेते और सारा धन छीनकर स्वराज्य कोष में जमा कर देते।

इस स्थिति से अमीन घबरा गया और उसने बीजापुर के बादशाह को एक के बाद एक कई पत्र लिखे। हर पत्र में शाहजी के पुत्र शिवाजी की शिकायत होती तथा उसका भय झलकता।

शाहजी की गिरफ्तारी

शिवाजी के बढ़ते वर्चस्व की चर्चाएँ बीजापुर के दरबार में पहुँचने लगीं। बादशाह ने शिवाजी को सबक सिखाने के लिए शाहजी, शंभाजी व शिवाजी को बंदी बनाने की घोषणा कर दी।

इसके बाद तो बीजापुर के दरबार में शिवाजी की शिकायतें सुनाते हुए तथा अपना रोना रोते हुए लोगों का ताँता लगने लगा। सिरवल के थाने पर हमला कर शिवाजी ने वहाँ का सारा खजाना लूट लिया। दुर्ग सुभानमंगल जीत लिया और दुर्ग पुरंदर पर हमला करने की तैयारी करने लगे।

ऐसी शिकायतों से बादशाह की नींद हराम हो गई। बादशाह शिवाजी को सबक सिखाने का कोई उपाय सोच ही रहा था कि उसे समाचार मिला–दक्षिण में शिवाजी के बड़े भाई शंभाजी ने शिवा की तर्ज पर बंगलौर में स्वतंत्र राज्य निर्माण करने का अभियान छेड़ दिया है। उसने दक्षिण के हिंदू राजाओं को एकत्रित कर स्वतंत्र संगठन बनाने का काम शुरू कर दिया है।

इसके साथ ही शाहजी के शाही रहन-सहन की शिकायतें भी बादशाह तक पहुँचने लगीं। बादशाह के चाटुकार शाहजी के खिलाफ बादशाह के कान भरने लगे।

बादशाह का सब्र जवाब दे गया। उसने अपने सरदारों को बुलाकर मंत्रणा की। शाहजी, शंभाजी और शिवाजी तीनों को एक साथ सबक सिखाने, उन्हें गिरफ्तार कर शाही दरबार में उपस्थित करने की योजना पर विचार किया गया।

शाहजी को पकड़ने का दायित्व बादशाह के वजीर मुस्तफा खान को सौंपा गया और सहयोगी के रूप में बाजी घोरपड़े की नियुक्ति की गई, जो भोंसले कुल के ही एक गोत्र से संबंधित थे।

बंगलौर पर हमला करने का दायित्व फरीद खान को सौंपा गया और सहयोग का काम तानी डुरे तथा विट्ठल गोपाल को। शिवाजी पर आक्रमण करने की योजना फतेह खान, शरोफशाह, मत्रराज घाटगे, बाजी नाइक तथा बालाजी हैवतराव आदि चुने हुए सरदारों के सुपुर्द की गई।

24 जुलाई, 1648 की आधी रात को मुस्तफा खान ने अपने प्रमुख सेनाधिकारियों को इकट्ठा किया और सवेरे शाहजी की छावनी पर हमला करने की योजना को अंतिम रूप दिया। शाहजी के जासूसों ने यद्यपि उन्हें बता दिया था कि मुस्तफा खान का इरादा नेक नहीं है, परंतु शाहजी ने उस पर ध्यान नहीं दिया, क्योंकि वे एक दिन पहले ही मुस्तफा खान से मिलकर सारी बात साफ कर चुके थे।

भोर के समय जब शाहजी किसी भी खतरे से बेखबर गहरी नींद सो रहे थे, योजनानुसार दिलावर खान, मसूद खान, सरजायाकूत खान, सिधोजी पवार, मंबाजी भोंसले, यशवंतराव वाडवे, तुलाजती राजे भोंसले

आदि सरदार अस्त्र-शस्त्रों से सज्जित होकर अपने-अपने डेरों से निकले और एक साथ शाहजी की छावनी पर टूट पड़े।

कोलाहल सुनकर जब शाहजी की आँख खुली और उन्होंने अपने सैनिकों को तैयार होकर लड़ने का आदेश दिया, तब तक बहुत देर हो चुकी थी। शिवाजी के विश्वासपात्र सैनिक पूरे वेग से आक्रमणकारियों से भिड़े, परंतु वे अचानक योजनाबद्ध तरीके से किए गए हमले का मुकाबला न कर सके। इतने में आक्रमणकारियों से लोहा लेते-लेते शाहजी मूर्च्छित हो गए और उन्हें लोहे की बेड़ियों में जकड़ लिया गया।

दुर्ग पर अधिकार

शिवाजी एक महान् योद्धा और अति कुशल सेनानायक थे। उन्होंने अपने जीवन में अनेक युद्ध लड़े। शिवाजी ने सदैव जय-पराजय का स्वागत किया।

सबसे पहला युद्ध उन्होंने सिरवल स्थित सुभानमंगल दुर्ग को फतेह करने के लिए किया, जिसमें शिवाजी स्वयं नहीं गए। उन्होंने पुरंदर के किले में मोरचा सँभाला और सुभानमंगल पर अधिकार करने के लिए कावजी के सेनापतित्व में अपनी बहादुर सेना की एक टुकड़ी भेज दी।

सुभानमंगल एक छोटा सा किला था। फतेह खान का भेजा हुआ सरदार बालाजी हैवतराव उस किले में आ बैठा था।

शिवाजी ने अपने बहादुर सेना अधिकारियों, सरदारों और वफादारों की बैठक बुलाई और उसमें विचार व्यक्त करते हुए कहा, "आदिलशाह ने हमारे पिता शाहजी को धोखे से गिरफ्तार कर यह स्वप्न देखा है कि वह शीघ्र ही हमें दबोचकर काबू में कर लेगा और हमारा 'स्वराज्य-स्थापना' का स्वप्न धरा का धरा रह जाएगा। उसने हमारे अस्तित्व को चुनौती दी है। यह ठीक है कि पिता की गिरफ्तारी से मैं बहुत दुःखी हुआ हूँ, परंतु इसका परिणाम यह नहीं होने वाला है कि मैं इससे डरकर अथवा भावना के आवेग में बहकर आदिलशाह के समक्ष

आत्मसमर्पण कर दूँ या मेरा बड़ा भाई बंगलौर में आत्मसमर्पण कर दे। हमने घुटने टेकना नहीं सीखा, बल्कि अपने शत्रुओं के घुटने तोड़ना सीखा है और अब हम यही करेंगे।"

शिवाजी की इस घोषणा का नतीजा यह हुआ कि सेनापति कावजी की रक्षावाहिनी सुभानमंगल की ओर रवाना हो गई। स्वयं शिवाजी ने आगे बढ़कर वीर कावजी के माथे पर विजय-तिलक लगाया और 'हर-हर महादेव' के नारों से आसमान गूँज उठा।

दूसरे दिन सवेरे पौ फटने से पहले कावजी की सेना ने 'सुभानमंगल' दुर्ग को चारों ओर से घेर लिया।

युद्ध आरंभ हुआ। कावजी की सेना ने 'हर-हर महादेव' के साथ किले पर हमला बोल दिया। कावजी की सेना संख्या में बालाजी की सेना से कम थी, परंतु चुस्ती-फुरती और जान देने व लेने की उसकी संकल्पशक्ति इतनी प्रबल थी कि उसके सामने शत्रु टिक नहीं सकता था।

किले के अंदर से किसी ने जरा सा सिर बाहर निकाला नहीं कि कावजी की सेना में से सनसनाता हुआ तीर आता और सिर धड़ से अलग। कावजी के सैनिकों पर किले के अंदर से तीरों की बौछार हो रही थी। सघन बाण-वर्षा के बीच कावजी के सैनिक तनिक भी विचलित नहीं हो रहे थे। वे चौगुने वेग से आगे बढ़ते जा रहे थे। अपने शरीरों पर लगते घावों की परवाह किए बिना सैनिकों ने किले के चारों ओर की

खाई को लाँघा और किले की दीवार से जा सटे तथा कुदाल और फावड़ों से किले की दीवार तोड़ने लगे। किले के अंदर से होने वाले प्रहारों की परवाह किए बिना कावजी के सैनिक दीवार तोड़ने में लगे थे।

कुछ ही देर में कई जगह से दीवार टूट गई और सैनिक किले में घुसने लगे। किले के अंदर आदिलशाह के सैनिक कावजी के सैनिकों पर भारी पड़ रहे थे। एक बार को तो ऐसा लगने लगा जैसे आदिलशाही सेना अंदर पहुँचे हर सैनिक को मसल डालेगी, तभी 'हर-हर महादेव' की गर्जना के बीच दूसरी ओर की दीवार का एक बड़ा हिस्सा टूट गया। अपने प्रमुख साथियों के साथ नंगी तलवार हाथ में लिये स्वयं कावजी किले के अंदर घुस आया था। शिवाजी इंगले, भीमाजी बाघ, भीकाजी घाटके और कावजी ने पलक झपकते ही आदिलशाही सैनिकों को काट डाला। सैकड़ों शव जमीन पर बिछ गए।

इस भीषण संग्राम का नतीजा यह हुआ कि आदिलशाही सेना के पाँव उखड़ गए और उसने रणक्षेत्र से भागना शुरू कर दिया। अपने सैनिकों की हिम्मत उखड़ती देख दोनों हाथों से तलवार चलाता हुआ बालाजी सामने आ पहुँचा। कावजी ने अपने दाहिने हाथ की तलवार बाएँ हाथ में सँभाली और दाहिने हाथ में भाला पकड़कर बालाजी पर इतनी शक्ति से वार किया कि भाला उसका सीना चीरता हुआ पार निकल गया। बालाजी वहीं ढेर हो गया। बालाजी के मरते ही शेष सेना भाग खड़ी हुई। दुर्ग पर भगवा ध्वज फहरा दिया गया।

इस युद्ध में कावजी को बड़ी मात्रा में युद्ध-सामग्री, हाथी-घोड़े, खजाना तथा अनेक मूल्यवान वस्तुएँ प्राप्त हुईं। सिरवल तथा सुभानमंगल दुर्ग की रक्षा-व्यवस्था दुरुस्त करने के बाद वीर कावजी ने अपनी सेना के साथ पुरंदर दुर्ग की ओर प्रस्थान किया। शिवाजी के चरणों में युद्ध में जीती सामग्री अर्पित कर कावजी ने उन्हें प्रणाम किया। शिवाजी ने उन्हें जीत की बधाई दी तथा बहादुर सैनिकों को सम्मानित तथा पुरस्कृत किया।

फतेह खान की पराजय

शिवाजी को पहले ही अनुमान था कि सुभानमंगल किले की फतह होते ही फतेह खान आ धमकेगा। अतः उससे निपटने के लिए उन्होंने हर रणनीति पहले से ही तय कर रखी थी। फतेह खान बहादुर व एक कुशल योद्धा था। किंतु शिवाजी के रणकौशल के आगे उसकी रणनीति धरी-की-धरी रह गई।

फतेह खान की विशाल सेना में आगे मूसे खान था, बाईं ओर, फलटन नरेश, दाहिनी ओर सरदार घाटगे और पीछे फतेह खान। दुर्ग तक पहुँचने का मार्ग बड़ा कठिन था। फतेह खान के चुने हुए सैनिक अनेक बाधाएँ लाँघकर बड़ी मुश्किल से किले के निकट पहुँच पाए थे कि एकाएक किले से तोपों के गोले बरसाए जाने लगे, बंदूकें छूटने लगीं तथा तीरों की वर्षा होने लगी। पहले ही दौर में फतेह खान का सैनिक घेरा तबाह हो गया। प्रमुख सैनिक अधिकारी ढेर हो गए। किले के शिखर से नीचे आते पाषाण-खंड अपने मार्ग में आने वाले हर सैनिक को मौत के घाट उतारते चले जाते थे। आदिलशाही सेना के पैर उखड़ने लगे। युद्ध का नेतृत्व कर रहे मूसे खान ने अपने साथियों से कहा, "भागो मत, आगे बढ़ो। इस मामूली से छोकरे शिवा के सामने भाग खड़े होने से हमारी प्रतिष्ठा समाप्त हो जाएगी।"

ऐसा कहकर मूसे खान दुर्ग पर चढ़ने लगा। अपने मुखिया को ऐसा करते देख उसकी सेना दुर्ग पर चढ़ने का प्रयास करने लगी। यह देखकर सभी सामंतों ने अपनी-अपनी टुकड़ियों को आगे बढ़ने का आदेश दिया। उसी समय शिवाजी के आदेश से द्वार खुला और सेना की एक टुकड़ी को युद्ध के लिए उतारकर द्वार बंद हो गया। 'हर-हर महादेव' और 'अल्लाहो अकबर' की आवाजों के बीच दोनों सेनाएँ भिड़ गईं। अशरफ खान पर बाहुबली सादोजी टूट पड़ा, मूसे खान का मुकाबला जगताप ने किया, मिनाद खान और रतन खान से चापल्य मूर्ति भैरव भिड़ गया। घाटके पर भीमाजी बाघ टूट पड़ा। कावजी रणोन्मत्त हो तांडव कर रहा था। एकाएक गोदाजी ने मूसे खान के शरीर में भाला घुसेड़ दिया, जो कवच को तोड़ता हुआ पार निकल गया। दैत्याकार मूसे खान ने भाला शरीर से बाहर खींचा और उसे तोड़कर फेंक दिया। गोदाजी ने दिशा बदल दी। भीमाजी आदिलशाही सेना को दोनों हाथों में तलवार लिये रोक रहे थे, परंतु घाटके ने भीमाजी को पीछे हटने पर विवश कर दिया।

मिनाद खान और रतन खान मिलकर भैरव पर वार करने लगे। उसी समय गोदाजी गुस्से में आकर पलटे और फिर से मूसेखान से भिड़ गए। बहुत देर तक दोनों के बीच घमासान युद्ध हुआ। अंत में गोदाजी बौखला गए और उन्होंने अपनी तलवार से मूसा खान को कंधे से लेकर धड़ तक पूरा चीर डाला।

मूसा खान के गिरते ही आदिलशाही सेना के पैर उखड़ गए। ठीक

उसी समय आदिलशाली सेना के कई अन्य सरदार भी शिवाजी के वीरों ने मार गिराए थे।

शिवाजी पूरे युद्ध पर बड़ी गंभीरता से नजर रखे हुए थे। वे प्रसन्न मुद्रा में दुर्ग के ऊपर से सैन्य-संचालन कर रहे थे, निचले हिस्से में आकर बादशाही सेना के हौसले पस्त होते देख शिवाजी ने तुरंत द्वार खोलने का आदेश दिया और सेना की एक बड़ी टुकड़ी को बाहर कर द्वार बंद करवा दिया। अब तो शिवाजी के युद्धरत सैनिकों का उत्साह बहुगुणित हो गया और बादशाही सेना के पैर उखड़ने लगे। वह भाग खड़ी हुई। फतेह खान ने जब यह देखा कि अब उसकी जान खतरे में पड़ने वाली है तो वह भी जान बचाकर भाग खड़ा हुआ। शिवाजी के सैनिकों ने उसका दूर तक पीछा किया, परंतु वह भागने में सफल हो गया। बाद में शिवाजी की सेना ने फतेह खान की छावनी को लूटा और वहाँ से उन्हें भारी मात्रा में युद्ध सामग्री और धन-दौलत प्राप्त हुई।

शाहजी की गिरफ्तारी के बाद आदिलशाही दरबार यह समझ बैठा था कि शाहजी के दोनों पुत्र ढीले पड़ जाएँगे और पिता को छुड़ाने के लिए दरबार में आकर गिड़गिड़ाएँगे, परंतु उसकी कल्पना के ठीक विपरीत दोनों ने मुँहतोड़ जवाब दिया। शिवाजी ने बीजापुर दरबार के कई किले अपने अधिकार में कर लिये।

शाहजी की रिहाई

शिवाजी वीर ही नहीं, कुशल कूटनीतिज्ञ भी थे। वह जानते थे कि आदिलशाह की कैद से अपने पिता को आजाद करना इतना आसान नहीं है। अतः उन्होंने मुगल सम्राट् शाहजहाँ की ओर हाथ बढ़ाया।

महमूद आदिलशाह हर मोरचे पर शिवाजी के हाथों पराजित होकर छटपटाने लगा। उसकी समझ में नहीं आ रहा था कि वह क्या करे।

उसी समय शिवाजी ने एक और दाँव लगाया। शिवाजी ने 'शत्रु का शत्रु अपना मित्र' की कूटनीति अपनाई और आदिलशाह को जड़ से उखाड़ फेंकने की इच्छा रखने वाले मुगल सम्राट् शाहजहाँ की ओर हाथ बढ़ा दिया।

उस समय भारत में मुसलिम साम्राज्यों का चारों ओर आधिपत्य था कि हिंदू सत्ता पनप ही नहीं सकती थी। एक राहत की बात थी तो यह कि ये साम्राज्य अपने-अपने विस्तार के लिए दूसरों को नष्ट होता देखकर खुश होते थे तथा उन्हें नष्ट करने के उपायों में हर समय लगे रहते थे।

शिवाजी यह सत्य समझने लगे थे कि इन साम्राज्यों को कूटनीति से ही क्षति पहुँचाई जा सकती है। सीधे टकराने का अर्थ था, अपने आपको जान-बूझकर मौत के मुँह में धकेलना।

शाहजहाँ का बेटा मुरादबख्श दक्षिण आया हुआ था। उसका उद्देश्य

दक्षिण में मुगल सल्तनत के विस्तार की सँभावनाएँ तलाश करना तथा दक्षिण के हिंदू राजाओं के साथ तालमेल स्थापित करना था। शिवाजी ने मौका देखकर शाहजहाँ के नाम पत्र लिखा और अपने अति विश्वसनीय व्यक्ति के हाथ मुरादबख्श के पास भिजवा दिया। पत्र में लिखा था, "मैं, शिवाजी सपरिवार आपकी सेवा में उपस्थित होना चाहता हूँ। मेरे पिताजी शाहजी ने कई वर्ष पहले आदिलशाह की सेवा छोड़कर, जब मुगल सम्राट् की शरण में आने का प्रयास किया, तभी उन्हें कैद कर लिया गया। तभी से वे आदिलशाह की जेल में हैं। मुझे तथा मेरे भाई पर भी आदिलशाह ने कई बार आक्रमण करवाए हैं। हमारा गुनाह बस इतना है कि हम आपके प्रति निष्ठा रखते हैं और अपनी सेवाएँ आपको देना चाहते हैं। यह मुगल सम्राट् का सरासर अपमान है। मुझे शीघ्रातिशीघ्र आपकी सहायता चाहिए। मेरे पिता को आदिलशाह की जेल से छुड़वाने में मेरी मदद कीजिए। फिर आप जैसा कहेंगे, मैं हाथ जोड़कर आपकी सेवा में उपस्थित हो जाऊँगा।"

मुरादबख्श ने यह पत्र पढ़ा तो वह खुशी से नाच उठा। शिवाजी का नाम कौन नहीं जानता था। पूरे महाराष्ट्र और दक्षिण प्रांत में शिवाजी की बहादुरी की चर्चा होती थी। शाहजी तो प्रसिद्ध रणबाँकुरे थे ही। उनकी सूझ-बूझ से मुगल साम्राज्य बहुत पहले से ही प्रभावित था और उन्हें अपनी सेवा में लेने के लिए कब से लालायित था। इधर मुराद अपने पिता को प्रसन्न कर बड़ा इनाम पाने का ख्वाब देख रहा था। शिवाजी के पत्र ने

उसका यह काम आसान कर दिया। उसने तुरंत मुगल सम्राट् को पत्र लिखा और प्रार्थना की कि वे यथाशीघ्र शाहजी को छुड़ाने की व्यवस्था करके शिवाजी को खुश कर दें, जिससे उसका हमारे पक्ष में आना आसान हो जाए।

शाहजहाँ ने जब मुराद का पत्र पढ़ा तो वह मन-ही-मन बहुत प्रसन्न हुआ। संपूर्ण दक्षिण भारत को अपने साम्राज्य में शामिल करने का उसका बहुत पुराना स्वप्न साकार होता नजर आया। उसे लगा कि शिवाजी यदि एक बार हमारे साथ आ जाए तो सचमुच हम अपना स्वप्न साकार कर लेंगे।

शाहजहाँ ने तुरंत आदिलशाह के पास अपना विशेष दूत भेजा। दूतों ने बीजापुर पहुँचकर मुहम्मद आदिलशाह को फरमान दिया। इसमें लिखा था, "शाहजी हमारा आदमी है, उसे तुरंत छोड़ दो। यदि तुमने ऐसा नहीं किया तो लेने के देने पड़ जाएँगे।"

राज्य का विस्तार

शिवाजी बहादुर ही नहीं अपितु दूरदर्शी भी थे। कूटनीति की बारीकियों से वे भली-भाँति परिचित थे। अतः उन्होंने राज्य की व्यवस्था को मजबूत व बेहतर बनाने के साथ, स्वराज्य विस्तार की योजना भी शुरू कर दी।

अपने पिता शाहजी को जेल से मुक्त करवाने के बाद लगभग चार वर्ष तक शिवाजी अपनी आंतरिक स्थिति मजबूत करने में लगे रहे। उन्होंने आदिलशाह को छेड़ा तक नहीं। उसका एक कारण यह भी था कि आदिलशाह ने शाहजी को जेल से मुक्त करने के बाद अपने पास बीजापुर में ही रख लिया था। उसे विश्वास था कि ऐसा करने से शिवाजी आदिलशाह पर हमला नहीं करेगा।

शाहजी भी अपने पुत्र शिवाजी के मन की बात अच्छी तरह जानते थे। उन्हें इस बात का अहसास था कि कोंडाना का किला आदिलशाह को लौटाना शिवाजी को अच्छा नहीं लगा होगा। अतः वे इसका प्रतिकार करने का उपाय सोचते रहे।

शाहजी को एक उपाय सूझा। उन्होंने अपने साथ ही गिरफ्तार हुए तथा जेल में रहे दो महत्त्वपूर्ण व्यक्तियों को बुलाया। ये दोनों भी शाहजी के साथ ही रिहा कर दिए गए थे। ये थे–कान्होजी नाईक जेधे तथा

दादाजी कृष्ण लोहोकरे। कान्होजी जेधे मावल प्रांत के रहने वाले थे तथा रोहिडखोटर के देशमुख थे। दादाजी लोहोकरे कान्होजी के परंपरागत कार्यकारी थे।

शाहजी ने दोनों व्यक्तियों का जोरदार सम्मान किया और उनसे 'स्वराज्य योजना' के बारे में चर्चा की। दोनों व्यक्ति शाहजी से सहमत थे। शाहजी ने कहा, "आप दोनों मेरे प्रिय मित्र हैं। आप जानते हैं कि मेरे पुत्र शिवाजी ने स्वराज्य स्थापना के लिए अपना पूरा जीवन झोंक दिया है। मैं तो यहाँ से निकल नहीं सकता, विवश हूँ। आप दोनों मेरे पुत्र के पास चले जाएँ व अपनी बहादुरी व वफादारी से स्वराज्य योजना को सफल बनाएँ।"

कान्होजी और लोहोकरे ने शाहजी के सामने अपने सिर झुका दिए और बोले, "आपका आदेश सिर-माथे। हमें गर्व है कि हमारे जीवन स्वराज्य निर्माण के काम आएँगे।"

शाहजी ने अपने पुत्र शिवाजी के नाम भेजे पत्र में लिखा, "प्रिय पुत्र शिवा, मुझे मालूम है कि कोंडाना किला लौटाने का दुःख तुम्हारे मन में होगा, परंतु अब तुम उसे भूल जाओ। ये जो दो व्यक्ति मैं तुम्हारे पास भेज रहा हूँ, इन्हें कोंडाना की तरह ही समझना।"

शिवाजी ने कान्होजी और लोहोकरे का खुले दिल से स्वागत किया और इन्हें महत्त्वपूर्ण दायित्व सौंपकर 'स्वराज्य निर्माण' के काम में लगा दिया।

शिवाजी उस समय राज्य के विस्तार का कार्य रोककर राज्य की व्यवस्था को बेहतर और मजबूत बनाने में लगे थे। वे सड़कें बनवाने, जलाशय खुदवाने, वृक्ष लगवाने, शिक्षा एवं चिकित्सा व्यवस्था में सुधार करने, न्याय व्यवस्था को मजबूत करने तथा अपने सभी किलों को सामरिक दृष्टि से संपन्न और उपयोगी बनाने में व्यस्त थे। पूरे राज्य में युवकों को सेना में भरती करने तथा उन्हें समुचित प्रशिक्षण देने की योजना चल रही थी। शिवाजी स्वयं प्रशिक्षण शिविरों में पहुँचकर युवकों का हौसला बढ़ाते थे तथा स्वराज्य निर्माण की प्रेरणा देकर उनकी शक्ति तथा साहस को बहुगुणित कर देते थे। शिवाजी अपनी कार्य-शैली की क्षमता के बल पर पूरे राज्य के लिए प्रेरणा-पुंज के समान थे।

शिवाजी का विजय अभियान

4 नवंबर, 1656 को बीजापुर के बादशाह मुहम्मद शाह की मृत्यु हो गई। वह बड़ा विलासी और क्रूर था। उसने अपने बड़े भाई की आँखें गरम सलाखों से फोड़ दी थीं तथा अपने भाई के दोनों हाथ कटवा दिए थे। हर समय शराब व शबाब के नशे में चूर रहता था। उसकी पत्नी ताज-उल मुखद्दीरात राज-काज देखती थी। मंत्री और दरबारी उसे इज्जत से 'बड़ी साहिबा' या 'उलिया जनाबा' कहकर पुकारते थे। उसके कोई संतान नहीं थी। मुहम्मदशाह की मृत्यु के बाद उसने दासी-पुत्र अली को गद्दी पर बिठा दिया और राज्य के सारे काम स्वयं अपने हाथ में ले लिये।

बीजापुर की तरह ही दिल्ली की हालत भी अच्छी नहीं थी। शाहजहाँ बीमार था। वह अपने पुत्र औरंगजेब से नफरत करता था और दारा को सल्तनत सौंपना चाहता था। औरंगजेब को उसने दिल्ली से दूर दक्षिण में भेज दिया था, परंतु औरंगजेब बहुत चालाक और क्रूर था। दक्षिण में होते हुए भी उसके कान सदैव दिल्ली से जुड़े रहते थे। वह स्वयं दिल्ली का सम्राट् बनने का स्वप्न देख रहा था।

इन्हीं दिनों शिवाजी की बेटी सकबार बाई का विवाह फलटन के बालाजी नाइक निंबालकर के पुत्र महादेव के साथ संपन्न हुआ और

शिवाजी की पत्नी सइबाई ने एक पुत्र को जन्म दिया, जिसका नाम रखा गया–शंभाजी।

आदिलशाही इस समय कमजोर थी। कोंकण, कर्नाटक, गोवा आदि प्रदेशों का शिवाजी ने स्वयं भ्रमण किया और इस निष्कर्ष पर पहुँचे कि कल्याण व भिवंडी नामक स्थानों पर किसी बादशाह की सीधी पकड़ नहीं है और ये स्थान समुद्री सीमा पर होने के कारण अत्यधिक महत्त्व के हैं। शिवाजी ने तुरंत दादाजी, बापूजी राँझेकर को कल्याण भेज दिया और भिवंडी में सखो कृष्ण लोहोकरे की नियुक्ति कर दी। दोनों सेनापतियों के साथ समुचित सेना भेजी गई थी। शिवाजी ने स्वयं चौकसी रखते हुए इन क्षेत्रों को अपने अधिकार में ले लिया। अब शिवाजी ने सागर की तरंगों पर भी भगवा ध्वज फहरा दिया था। वहाँ शिवाजी की उपस्थिति से अंग्रेज, पुर्तगाली और हब्शी, जो समुद्र में लूटपाट तथा तस्करी किया करते थे, बुरी तरह दहल गए। इसी बीच शिवाजी ने दाभोल तथा उसके आस–पास के सभी दुर्ग जीत लिये और कोंकण के विशाल समुद्र–तट पर कब्जा कर लिया।

मुगलों के विरुद्ध अभियान

शिवाजी यह भली-भाँति जानते थे कि उनकी सेना अभी इतनी मजबूत नहीं है कि वह मुगलों की भारी फौज का सामना कर सके। अतः शिवाजी ने मुगलों की सल्तनत को कमजोर बनाने के लिए उनके इलाकों को हथियाने का प्रयास शुरू कर दिया।

आदिलशाह का विशाल क्षेत्र कब्जे में लेने के बाद शिवाजी ने बड़ी कूटनीति से सोनोपंत डबीर को औरंगजेब के पास भेज दिया। उससे प्रार्थना की गई थी कि आदिलशाह के इस क्षेत्र पर शिवाजी के कब्जे को मान्यता प्रदान की जाए। औरंगजेब उन दिनों शिवाजी से दोस्ती करने का बहाना ढूँढ़ रहा था तथा आदिलशाह को नष्ट होता हुआ देखना चाहता था। दोनों काम एक साथ होते देख औरंगजेब की खुशी का ठिकाना न रहा। उसने तुरंत मान्यता दे दी।

शिवाजी को 23 अप्रैल, 1657 के पत्र में उसने लिखा, "फिलहाल बीजापुर रियासत का जो मुल्क, किले और दाभोल बंदरगाह आपने जीता है, उसके लिए हमारी मंजूरी है। आपके संबंध में हमारे मन में बड़ा प्रेम है।"

अब शिवाजी ने मुगलों की सल्तनत में सेंध लगाकर उसके इलाकों को अपने कब्जे में करने की योजना बनाई। अपने गुप्तचरों से शिवाजी

को पता चला कि जुन्नर से अहमदनगर तक के क्षेत्र पर मुगलों की व्यवस्था कमजोर है।

30 अप्रैल, 1657 की रात को पाँच सौ सैनिक लेकर शिवाजी ने जुन्नर नगर पर हमला कर दिया। नगर के परकोटे को पार कर शिवाजी के सैनिकों ने बड़ी फुरती से मुख्य द्वार खोल दिया और पूरी तरह बेखबर होकर सोए मुगल सैनिक हथियार सँभाल भी नहीं पाए थे कि उन्हें यमलोक पहुँचा दिया गया। सरकारी खजाना, गोला-बारूद तथा अन्य युद्ध-सामग्री सब की सब संपत्ति शिवाजी के सैनिकों ने अपने कब्जे में कर ली और रात के अँधेरे में ही वह सब लेकर वापस आ गए। किसी को पता भी नहीं चल पाया कि लुटेरे कौन थे।

ठीक इसी समय मीनाजी भोंसले ने श्रीगोंदी नामक स्थान पर इसी शैली में छापा मारकर भारी संपत्ति प्राप्त की। फिर अहमदनगर पर हमला किया गया। यहाँ पर भारी मुकाबला हुआ। सैकड़ों मुगल सैनिक मारे गए। मुगल सरदार नौसीर खान परास्त हुआ। यहाँ से शिवाजी की सेना को सात सौ घोड़े, बड़ी संख्या में हाथी तथा विशाल संपत्ति प्राप्त हुई।

शिवाजी के मुगल क्षेत्रों पर हमलों की सूचना जब औरंगजेब को मिली तो वह क्रोध से तिलमिलाया, "अच्छा, उस चूहे की इतनी हिम्मत! मैं उसे ऐसा मजा चखाऊँगा कि उसकी अगली पीढ़ियाँ तक याद रखेंगी।"

औरंगजेब ने अपने सरदारों कारतलब खान, होशदार खान, रामकरण

सिंह, रायसिंह, शाइस्ता खान और अब्दुल गनीम को बुलाया और उपयुक्त क्षेत्रों में उनकी नियुक्ति करने के बाद आदेश दिया, "शिवाजी के क्षेत्र में लूटपाट और कत्लेआम करो। गाँवों को जमींदोज कर दो, गद्दारों की गरदन उड़ा दो।"

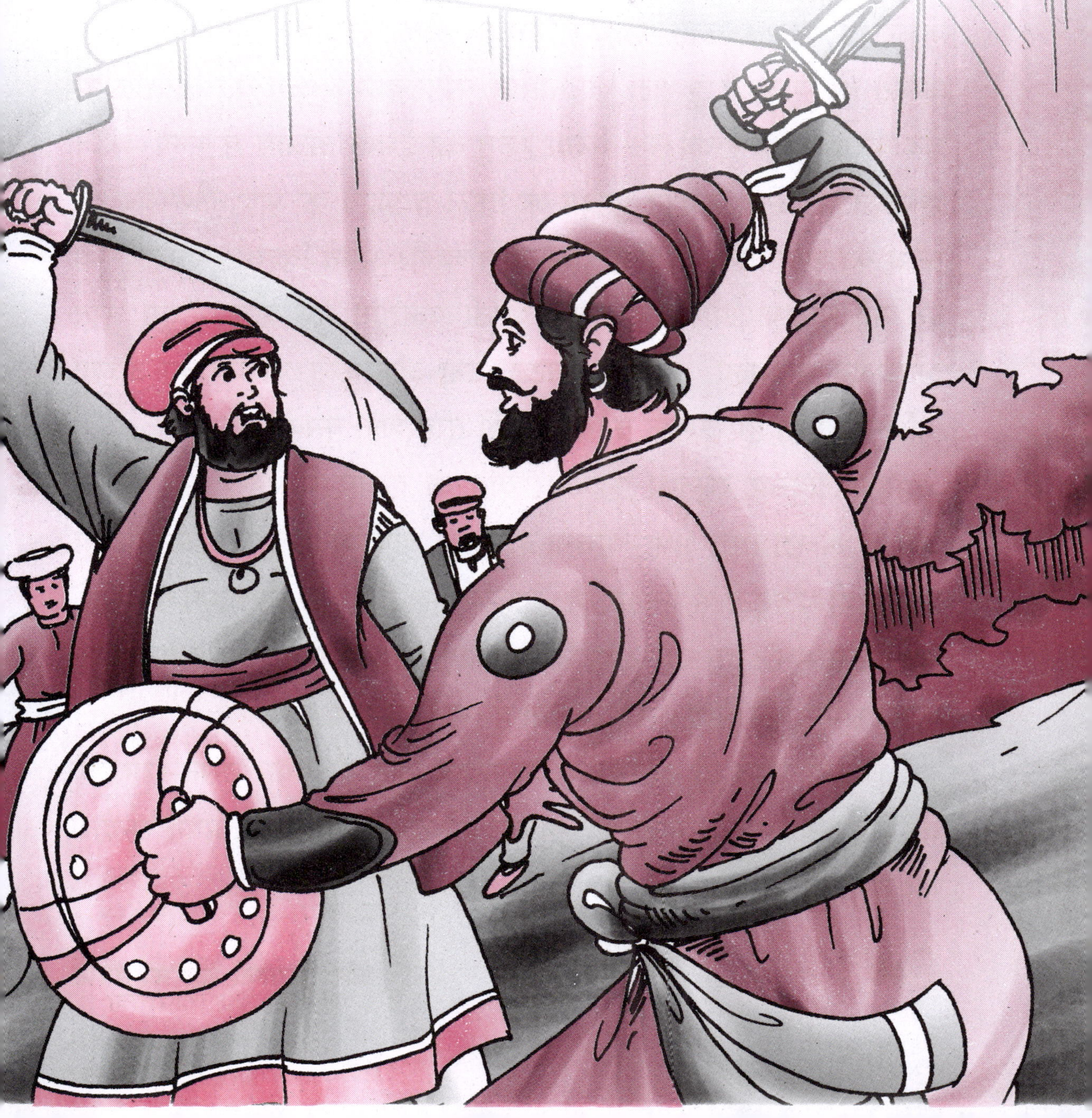

शिवाजी की कूटनीति

शिवाजी जानते थे कि मुगलों को लूटना और कमजोर करना जितना जरूरी है, उससे कहीं अधिक उनके क्रोध से अपने आपको बचाना जरूरी है। शिवाजी कुशल कूटनीतिज्ञ थे। उन्होंने मुगलों की सल्तनत में छेद करने का बीड़ा तो उठा लिया किंतु वह इसके अंजाम से भली-भाँति परिचित थे। अतः उन्होंने मुगलों के किले कब्जाने के बाद औरंगजेब के क्रोध को शांत करने के लिए एक चाल चली। अपने विश्वासपात्र रघुनाथ पंत को बुलाया और उन्हें एक चिट्ठी पकड़ाते हुए कहा, "तुम तुरंत औरंगजेब से मिलो, उसे यह चिट्ठी देना और क्षमा-याचना का अच्छा अभिनय करते हुए उसके क्रोध को पूरी तरह शांत करके लौटना।"

योजनानुसार रघुनाथ पंत औरंगजेब के दरबार में पहुँचे और अपनी ओर से अच्छी तरह क्षमा-याचना करने के बाद शिवाजी की चिट्ठी उसे पकड़ा दी। चिट्ठी में लिखा था, "हमसे गलती हुई है, हमें अपनी गलती का अहसास है। इस बार क्षमा किया जाए, आगे से ऐसा नहीं होगा। मैं तो मुगल सम्राट् की सेवा करना चाहता हूँ, मुझ पर कृपा बनी रहे।"

चिट्ठी पढ़ते ही औरंगजेब का गुस्सा शांत हो गया। उसने शिवाजी के खिलाफ अपनी बदले की भावना को दबा लिया और अपने सरदारों को समझा दिया।

औरंगजेब जानता था कि शिवाजी से बैर मोल लेना अपनी बीजापुर की सल्तनत ढहाने की योजना से हटना होगा। शिवाजी कोई मामूली ताकत नहीं है और फिर उसके बुद्धि-चातुर्य की कोई काट नहीं हैं; अतः उसे धमकी में रखने और अपना काम निकाल लेने में ही भलाई है।

शिवाजी की स्वराज्य व्यवस्था

शिवाजी यह भली-भाँति जानते थे कि स्वराज्य के विस्तार के साथ उसकी व्यवस्था का भी पुख्ता बंदोबस्त होना चाहिए। अतः उन्होंने स्वराज्य की व्यवस्था को और बेहतर बनाने के अथक प्रयास किए। स्वराज्य की व्यवस्था को और बेहतर बनाया जा रहा था। चारों ओर खुशहाली थी, सर्वत्र वीर शिवाजी के यश का गान होता था। माँ जीजाबाई अपने पुत्र की उन उपलब्धियों पर गर्व करते थकती नहीं थीं। जैसी उन्होंने कल्पना की थी, अपने पुत्र को वीर बनाने की तथा उसके माध्यम से स्वदेश गौरव स्थापित करने की, उससे कहीं बढ़कर साबित हुए थे शिवाजी। डूबते हिंदू समाज में आशा की एक किरण जाग गई थी। शिवाजी ने हिंदुओं में स्वाभिमान जगाया, उनमें आत्मविश्वास पैदा किया।

जावली विजय के समय वहाँ के पर्वतीय क्षेत्र में शिवाजी की भेंट स्वामी रामदास से हो चुकी थी। स्वामीजी एक महान् संत थे। उन्होंने शिवाजी को आशीर्वाद दिया था कि उनका यश अमर होगा, वे विजेता होंगे। स्वामी रामदास के प्रति शिवाजी के मन में इतनी श्रद्धा थी कि वे कोई भी नया कदम उठाने से पहले उनसे सलाह-मशविरा करते तथा आशीर्वाद लेते थे।

परंतु औरंगजेब के दक्षिण भारत से जाते ही परिस्थितियों में तेजी से

बदलाव आना आरंभ हो गया। जहाँ औरंगजेब की अनुपस्थिति में अपने राज्य का विस्तार करने का शिवाजी को एक और अवसर मिल गया था, वहीं शाहजहाँ से सुलह कर लेने के बाद बीजापुर के सरदार पूरी तरह आश्वस्त हो गए थे कि अब मुगल साम्राज्य उनके आड़े नहीं आएगा। अब आदिलशाह का ध्यान शिवाजी पर केंद्रित हो गया। सबसे पहले बीजापुर दरबार ने शिवाजी के पिता शाहजी को पत्र लिखकर उनसे कहा कि वे अपने पुत्र की करतूतों पर अंकुश लगाएँ, परंतु शाहजी ने अपनी असमर्थता प्रकट करते हुए स्पष्ट कर दिया कि उनके पुत्र उनसे पूरी तरह अलग हैं तथा उनका उन पर कोई अधिकार नहीं है, उनके साथ आदिलशाह जैसा समझे, वैसा सलूक करे, वे बीच में नहीं आएँगे।

आदिलशाह ने शिवाजी को सबक सिखाने का मन बना लिया। अब यह तय करना शेष था कि शिवाजी पर हमले की जिम्मेदारी किसे सौंपी जाए।

चाँदी की तश्तरी में पान का बीड़ा रखा गया और उसे सभी सरदारों के बीच घुमाया गया। आशय था कि जो अपने आपको शिवाजी से निबटने में सक्षम समझता हो, वह आगे बढ़े और बीड़ा उठाकर इस चुनौती को स्वीकार करे।

जीजाबाई का आशीर्वाद

शिवाजी अत्यंत धैर्यशाली शासक थे। वे समझ गए कि अब अफजल खान से युद्ध करने का समय आ गया है। वे 'विजयी भव' का आशीर्वाद लेने अपनी माँ जीजाबाई के पास पहुँचे। शिवाजी के गुप्तचर उन्हें हर पल की खबर दे रहे थे। अफजल के अत्याचार की खबर सुन-सुनकर शिवाजी को बहुत बुरा लग रहा था। अफजल खान उन्हें चुनौती देता हुआ उनके राज्य में घुस आया था और वे अभी तक अपनी सेना लेकर उस पर नहीं टूट पड़े थे। इसके दो कारण थे—एक तो वे अपने हर सैनिक को बहुत कीमती मानते थे और जहाँ तक हो सके, प्राण-हानि से बचने का प्रयास करते थे। जो उन पर चढ़कर आए थे, उनमें से भी अनेक उनके रिश्तेदार और बहुत बड़ी संख्या में हिंदू सैनिक थे, जिनका रक्त व्यर्थ ही बहना था। दूसरा यह कि इस युद्ध को वे बड़ी सावधानी से लड़ना चाहते थे। उनका उद्देश्य हर एक युद्ध जीतना था, क्योंकि इस युद्ध का परिणाम पल-पल लगाकर सींचे और बनाए गए हिंदू स्वराज्य का अंत और स्वराज्यवादियों का महाविनाश भी हो सकता था।

अपना मन एकाग्र किए शिवाजी सही अवसर का इंतजार करते रहे। उनका गुप्तचर-तंत्र पूरी तरह सक्रिय था। युद्ध की पूरी तैयारी कर ली गई थी। जावली को रणक्षेत्र बनाने और प्रतापगढ़ में अपना केंद्र रखने का

फैसला वे ले चुके थे।

शिवाजी ने अपने सभासदों को संबोधित करते हुए कहा कि हमारा मकसद अफजल खान को मौत के घाट उतारना है। शिवाजी ने अपने वीरों को प्रेरित करते हुए कहा, "यदि इस युद्ध में मेरी मृत्यु भी हो जाए तो तनिक भी विचलित न होना। मेरे पुत्र शंभाजी को गद्दी पर बैठाकर 'स्वराज्य' की मशाल जलाए रखना।

शिवाजी की बात सबकी समझ में आ गई। युद्ध का एकमात्र उद्देश्य अफजल खान की मौत को सर्वसम्मति से स्वीकार कर लिया गया और हर फैसले की अंतिम जिम्मेदारी शिवाजी पर छोड़ दी गई। शिवाजी ने कूटनीति से काम लेने और हर चुनौती से निबटने का मन बना लिया।

युद्ध में उतरने से पहले माँ का आशीर्वाद लेने शिवाजी राजगढ़ पहुँचे। पुत्र को युद्ध में विजयी होने का आशीर्वाद देने से पहले जीजाबाई ने अपने उद्गार प्रकट किए। शिवाजी सहित सभी प्रमुख सहायकों को अपने सामने बुलाकर उन्होंने कहा, "देखो बेटा, ईश्वर की तुम्हारे ऊपर कृपा है। तुम जो कुछ मन में लाते हो, उसमें तुम्हें सिद्धि प्राप्त होती है। अतः इस समय भी तुम्हारी योजना निश्चय ही सफल होगी। मैं बड़ी भाग्यवान हूँ कि मुझे इस प्रकार का कुलदीपक पुत्र प्राप्त हुआ है, परंतु एक बात मैं अवश्य कहूँगी—जो कुछ भी करना, बुद्धिमानी और सावधानी से करना। ईश्वर और मेरे आशीर्वाद से तुम्हें विजय अवश्य प्राप्त होगी।"

सिंहगढ़ से प्रस्थान करते समय माता जीजाबाई ने वीर पुत्र को प्रेरणा देते हुए कहा, "जाओ बेटा, 'विजयी भव' और उस दुष्ट अफजल का वध करके अपने बड़े भाई शंभाजी की मृत्यु का बदला लो।"

अफजल वाई में ठहरा था। उसने आस-पास के क्षेत्र में बीजापुर के सभी सामंतों के पास सूचना भिजवा दी थी कि सब अपने पूरे दल-बल के साथ उसके पीछे आकर खड़े हो जाएँ और शिवाजी का विनाश करने में उसकी मदद करें। जिस किसी ने हुक्म-अदूली की, उसकी गरदन उड़ा दी जाएगी। पूरे क्षेत्र में सनसनी फैल गई। शिवाजी के खिलाफ बीजापुर की मदद करने का मन न होते हुए भी अनेक सामंत अपने परिवार पर ढहाए जाने वाले कहर के डर से अफजल खान से आ मिले। देखते-ही-देखते उसकी विशाल सेना बरसाती नदी की तरह बढ़ गई।

खान लगातार शिवाजी को धमकियाँ देने लगा और बड़ी कूटनीति से उसने छोटी-छोटी सेनाएँ शिवाजी के क्षेत्र में उतार दीं। अफजल खान की ओर से कल्याणजी जाधव ने सूपे परगना पर आक्रमण कर दिया। नाइकजी राजे पोदरे ने सिरवल जीत लिया, नाइकजी खराटे ने सासवड पर आदिलशाही झंडा फहरा दिया। सिद्‌दी हिलाल मावल प्रांत में घुसकर तोड़फोड़ करने लगा और सिद्‌दी सैफखान कोंकण प्रांत में पहुँचकर चुनौती देने लगा। अफजल खान ने ऐसा वातावरण पैदा कर दिया जैसे शिवाजी के समूचे राज्य में अफजल खान का अधिकार हो गया है और शिवाजी उससे भिड़ने की हिम्मत नहीं जुटा पा रहे हैं।

परंतु शिवाजी ने अपने धैर्य को अब भी अपने नियंत्रण में रखा। सेनापति नेताजी पालकर की भुजाएँ फड़क रही थीं। उसने बार-बार शिवाजी से आक्रमण करने का आदेश माँगा, परंतु शिवाजी अभी तक आदेश देने को तैयार नहीं थे।

तभी खबर आई कि शिवाजी की पत्नी सईबाई का देहांत हो गया है। सेना में शोक की लहर दौड़ गई। विषम परिस्थितियों में पत्नी के निधन का समाचार सुन शिवाजी के मन पर कैसी बीती होगी, अनुमान करना कठिन है।

शिवाजी स्वराज्य के लिए पूर्ण समर्पण भाव के साथ उस आघात को चुपचाप झेल गए और सामान्य होकर अपनी योजना पर काम करते रहे।

अफजल खान के शिवाजी पर हमला किए जाने की खबर दिल्ली तक जा पहुँची थी। मन-ही-मन सभी शिवाजी का अंत चाहते थे।

शिवाजी से संधि प्रस्ताव

अफजल खान ने शिवाजी को युद्ध के लिए उत्तेजित करने के अनेक हथकंडे अपनाए, किंतु वह अपनी योजना में नाकाम रहा। अतः विवश होकर उसने शिवाजी के पास सीधे प्रस्ताव भिजवाया।

पूरे वर्षा-काल में अफजल खान ने शिवाजी को उकसाने की हर कोशिश कर ली, परंतु वह शिवाजी को न उकसा पाया। अंत में हारकर उसने कृष्णाजी भास्कर कुलकर्णी को अपना दूत बनाकर शिवाजी के पास प्रतापगढ़ भेजा। कृष्णाजी भास्कर को सम्मानपूर्वक दुर्ग में लाया गया। खातिरदारी और विश्राम आदि के बाद कृष्णाजी ने शिवाजी से मुलाकात की और फजल खान का पत्र शिवाजी को सौंप दिया।

पत्र में लिखा था, "तुम्हारी उद्दंडता शहंशाह अली आदिलशाह को अब असहनीय हो गई है। तुमने अब तक आदिलशाही को इतना नुकसान पहुँचाया है कि उसका वर्णन नहीं किया जा सकता। आदिलशाह की सल्तनत के वे सब हिस्से, जो तुमने हथिया लिये हैं, यदि तुम उन्हें हमें वापस करने का संकल्प लेकर हाथ जोड़कर मेरे सामने उपस्थित हो जाओ तो मैं तुम्हें वचन देता हूँ कि तुम्हारा बाल भी बाँका नहीं होने दूँगा। आखिर मैं तुम्हारे पिता का मित्र हूँ। मुझ पर विश्वास करो और तुरंत मुझसे मिलने वाई चले आओ। यदि तुम संधि को तैयार नहीं होते तो मैं

खून की नदियाँ बहा दूँगा और तुम्हारा सर्वनाश कर दूँगा। तुम अच्छी तरह जानते हो कि तुम्हारी ताकत आदिलशाही की ताकत के मुकाबले कुछ भी नहीं है।"

संदेश पढ़ा गया और उस पर विचार-विमर्श हुआ। सब लोग विश्राम के लिए चले गए। आधी रात के समय शिवाजी अचानक अपने कक्ष से निकले और सीधे अफजल खान का दूत कृष्णाजी राव भास्कर के ठहरने के स्थान पर जा पहुँचे। कृष्णाजी शिवाजी को इस प्रकार आया देखकर हैरान रह गए। शिवाजी ने उनसे एकांत में बात की।

शिवाजी बोले, "महाराज, आप ब्राह्मण देवता हैं, आपकी वृत्ति पवित्र और धार्मिक है, इसलिए मेरा मन आपसे खुलकर बात करने को हो गया है। आप जानते हैं कि मैंने यह राज्य-विस्तार अपने लिए नहीं किया है। एक धर्म-राज्य की स्थापना करना मेरा उद्देश्य है। आज सर्वत्र मंदिर नष्ट किए जा रहे हैं, गाएँ काटी जा रहीं हैं, स्त्रियों की इज्जत लूटी जा रही है, सारा देश म्लेच्छमय हो गया है। इस सबसे अपने देश को मुक्ति दिलाने के लिए ही तो यह सारा प्रयत्न है। यदि आपके मन में मेरे इस कार्य के प्रति थोड़ी सी भी सहानुभूति जागी हो तो मुझे यह बताइए कि खान का आंतरिक विचार क्या है?"

शिवाजी की ऐसी करुणाजनक बातें सुनकर कृष्णाराव का अंतर्मन हिल गया। बहुत देर तक गंभीर रहने के बाद वे बोले, "राजन्, मैं तो आदिलशाही का नमक खाता हूँ, फिर भी आप मुझसे खान के अंतरंग

विचार पूछ रहे हैं, आप जानते हैं कि मैं उनका नौकर हूँ। मुसलमानों ने इस देश की जो दुर्दशा की है, उसकी ठेस तो मेरे मन में भी है, पर क्या करूँ? मैं एक काम कर सकता हूँ, जितना मेरे से हो सकेगा, आपका हित करने में अपने आपको धन्य समझूँगा।" शिवाजी झट बोले, "तो फिर आप केवल एक काम कर दीजिए, खान साहब को भेंट के लिए प्रतापगढ़ किले के निकट आने पर राजी कर लीजिए, मैं भेंट के लिए तैयार हूँ।"

कृष्णाजी मुसकराए और बोले, "आप भेंट की व्यवस्था करें, इतना तो मैं करवा ही दूँगा।"

दूसरे दिन सवेरे कृष्णाजी भास्कर शिवाजी की राज्य-सभा में उपस्थित हुए, उनके साथ पंतजी गोपीनाथ भी थे। विचार-विमर्श के बाद शिवाजी ने कहा, "मेरे ऊपर सीधा आक्रमण न करते हुए खान साहब ने दुर्ग व प्रदेश देकर संधि करने की जो आज्ञा मुझे दी है, यह उनकी महती दया है। वे तो मेरे लिए काका के समान हैं। उनका कहना मैं नहीं टाल सकूँगा। अतः आप मेरी ओर से उनसे प्रार्थना करें कि वे जावली आने का कष्ट करें।" मेरी ओर से पत्र लेकर पंतजी गोपीनाथ आपके साथ वाई जा रहे हैं। मैं जो कहना चाहता था, पत्र में लिख दिया गया है।"

पंतजी शिवाजी का पत्र लेकर अफजल खान के सम्मुख उपस्थित हुए। पत्र में लिखा था, "कर्नाटक के अनेक राजाओं को जिसने सहज रूप से नष्ट-भ्रष्ट कर दिया, जिसका पराक्रम साक्षात् अग्निदेवता के

समान है, जिन्होंने पृथ्वी की शोभा द्विगुणित की है और जो स्वभाव से सरल हैं, वे दयावान बनकर मेरा मार्गदर्शन कर रहे हैं, यह मेरे लिए महान् आनंद की बात है। परंतु मैं ऐसी प्रार्थना करना चाहता हूँ कि आप इस नि:सर्ग रमणीय जावली में आएँ तो उचित होगा। मैं निर्भय होकर आपसे मिल सकूँगा। संपूर्ण आदिलशाही सेना में या मुगलों की सेना में आपके समान सामर्थ्यवान् पुरुष दूसरा कौन है? आपकी ओर नजर उठाकर झाँकने तक की बड़ों-बड़ों की हिम्मत नहीं। मैं तो स्वयं को आपके सामने किसी योग्य नहीं मानता। यहाँ मुझे कृतार्थ करें तो आप जो भी किले और प्रदेश माँग रहे हैं, वह सब देकर अपनी तलवार भी मैं आपके सम्मुख रख दूँगा। आप यहाँ आने की कृपा कीजिए। आप देखेंगे, यहाँ के अरण्यों में विचरण करते समय आपको तथा आपकी सेना को स्वर्ग-लोक जैसा आनंद प्राप्त होगा।"

शिवाजी के पत्र में अपनी प्रशंसा सुनकर अफजल खान फूला नहीं समाया। मौका पाकर गोपीनाथ ने कहा, "हुजूर, शिवाजी आपसे बहुत भयभीत है, इसलिए वह आपको भेंट के लिए जावली आमंत्रित कर रहा है।"

कृष्णाजी भास्कर ने खान को अपने साथ किए गए सद्भावनापूर्ण व्यवहार का वर्णन किया और शिवाजी के भय व खान को जावली आमंत्रित करने की इच्छा के बारे में बताया।

सारी बातें सुनकर अफजल खान ने जावली जाने का निर्णय ले

लिया। इसके बाद अफजल खान ने अपने सरदारों और सलाहकारों की बैठक बुलाई। बैठक में उपस्थित लगभग सभी सरदारों ने खान से स्पष्ट मना किया। जावली का पहाड़ी मार्ग दुर्गम है। सेना में ऊँटों और हाथियों का भारी नुकसान हो सकता है, परंतु खान को उनके तर्क नहीं जँचे। कुछ सरदारों ने एकमत होकर कहा कि शिवा चालाक है और वह वहाँ जाने पर अफजल खान की जान भी ले सकता है, इस पर खान भड़क उठा और बोला, "बकवास बंद करो। तुम लोग अफजल खान का अपमान करते हो। कोई है माई का लाल, जो मेरी जान ले सके। मैं वह फौलादी इनसान हूँ, जिसके सामने आने से मौत भी थर-थर काँपती है। शिवा मुझे क्या मारेगा, मैं उसकी माँद में पहुँचकर उसे ऐसी मौत मारूँगा कि इतिहास मेरी जय-जयकार करेगा।"

शक्ति और घमंड के कारण अफजल खान की बुद्धि फिर गई थी। उसने तुरंत अपनी सेना को आदेश दिया, "जावली प्रस्थान किया जाए।"

अफ़जल खान का संदेश लेकर गोपीनाथ वाई से चल पड़े और प्रतापगढ़ पहुँचकर शिवाजी से मिले। उन्होंने शिवाजी को अफजल खान के हौसले और इरादे के बारे में सबकुछ साफ-साफ बता दिया।

जावली में अफजल और शिवाजी के भेंट की तैयारियाँ होने लगीं। अफजल खान से मुलाकात करने और उससे भली प्रकार निबटने की शिवाजी ने पूरी तैयारी कर रखी थी।

अफजल खान की जावली यात्रा

अफजल खान ने शिवाजी से भेंट करने के लिए जावली जाने का प्रस्ताव तो स्वीकार कर लिया, पर यह यात्रा बेहद जोखिम भरी थी। थोड़ी सी सेना वाई में छोड़ अफजल खान समूचे लश्कर के साथ जावली के लिए चल पड़ा। तीन मील की कठिन चढ़ाई, दस मील तक घने जंगलों के बीच से यात्रा करना, मीलों लंबी सर्पाकार घाटियों में से होते हुए नीचे उतरना, साथ ही हाथी, घोड़े, ऊँट, बैलगाड़ियों पर लदा सामान, तोपें तथा अन्य सैन्य सामग्री के साथ खान की सेना के लिए यह यात्रा बेहद चुनौतीपूर्ण साबित हुई। पहाड़ियाँ चढ़ते-चढ़ते सैनिकों के घुटने फूट गए, घोड़े और ऊँटों की तो जान आफत में आ गई। कितने ही हाथी, घोड़े और ऊँट सामान तथा सवार सहित फिसले और गहरी घाटियों में जा गिरे। कितने ही सैनिक साँप, बिच्छू आदि जहरीले जंतुओं के काटने से मर गए।

भारी नुकसान उठाकर, अपने साथियों की आलोचना झेलते हुए घमंडी खान जावली जा पहुँचा। कुमुदवती नदी के तट पर अफजल खान ने अपनी छावनी लगाई। अफजल खान के सैनिक चहुँ ओर भयानक वातावरण देखकर काफी भयभीत नजर आ रहे थे।

शिवाजी ने अफजल खान के पास अपना दूत भेजकर उसकी

कुशल-क्षेम पुछवाई। अफजल खान ने भी शिवा की कुशल-क्षेम पूछने के लिए औपचारिक तौर पर अपना दूत भेजा।

शिवाजी ने अपना विशेष दूत भेजकर अफजल खान के साथ आए सभी सरदारों को प्रतापगढ़ बुलवाया, जिससे अफजल खान के सभी सम्मानित साथियों मूसे खान, अंकुश खान, याकूत खान, अंबर खान, इसनखान, मंबाजी, राजे भोंसले आदि के लिए उचित उपहारों की व्यवस्था की जा सके। लोभवश अफजल खान ने उन सबको प्रतापगढ़ भेज दिया। शिवाजी ने खातिरदारी और मृदु व्यवहार से कुछ इस प्रकार का वातावरण तैयार किया कि अफजल खान को विश्वास हो गया कि शिवाजी पूरी तरह कब्जे में आ चुका है। वह पूरी तरह से आत्मसमर्पण करने की तैयारी कर रहा है।

अफजल खान का वध

शिवाजी ने ऐसी कुशल रणनीति बनाई कि अफजल खान का बचकर निकल भागना नामुमकिन था। शिवाजी ने अपने सैनिकों को उचित स्थानों पर डटे रहने व पूरी तरह चाक-चौबंद रहने के निर्देश दिए।

शिवाजी अपनी देवी (तुलजा देवी) का पूजन कर, गुरु रामदास से आशीर्वाद लेकर, लौह कवच, शिरस्त्राण धारणकर अंगुलियों में बाघनखा पहन तथा हस्तकवच में एक छोटी सी कटारी खोंसकर सभी विद्वानों व पुरोहितों से आशीर्वाद ले योजनानुसार बाहर आ गए। भवानी तलवार उनकी कमर में लटक रही थी।

उधर अफजल खान जब अपने खेमे से तैयार होकर चला तो उसके साथ बारह सौ सैनिक थे।

पंतजी की निगाहें अफजल खान पर थीं। वे दौड़े हुए गए और बोले, "खान साहब, आप इतने सैनिकों को साथ लेकर चल रहे हैं, तब तो भेंट नहीं होगी। हम पहले ही कह चुके हैं कि शिवाजी आपसे बुरी तरह डरे हुए हैं और आप…।"

अफजल खान ने तुरंत आदेश दिया, "सब सैनिक वापस चले जाएँ, मैं अकेला ही जाऊँगा।"

आदेश पाते ही सैनिक वापस चले गए। बाण सीमा पर केवल दस

अंगरक्षकों की व्यवस्था कर वह पालकी पर चढ़कर चल पड़ा।

कृष्णाजी भास्कर और सय्यद बंडा को साथ लेकर अफजल खान शामियाने के निकट पहुँचा। शामियाना नव-रत्नों से सजा हुआ था। मोतियों की झालरें लटकी हुई थीं। सोना, चाँदी, हाथीदाँत, कीमती कालीन, शालीन तकिए–इतना ऐश्वर्य, इतनी शान-शौकत। शाहजी जैसे मामूली सरदार के लड़के के पास इतना कीमती सामान! ऐसा सामान तो हमारे राज्य के बड़े वजीर के पास भी नहीं है।

खान की बातें सुनकर पंतजी आगे बढ़े और बोले, "यह सब तो अब आपका ही है, इसकी चिंता क्यों करते हैं? बादशाही सामान है, बादशाह के पास पहुँच जाएगा।"

एक ओर से शिवाजी ने शामियाने में प्रवेश किया, दूसरी ओर से अफजल खान ने। शिवाजी को निर्भय करने की दृष्टि से अफजल खान ने अपनी तलवार कृष्णाजी भास्कर को पकड़ा दी और लंबे कदम रखता हुआ आगे लपका। अफजल खान ने शिवाजी से कहा, "आओ शिवाजी राजे, तुम बहुत गलत रास्ते पर भटक गए हो, मैं अब तुम्हें सही रास्ते पर ले आऊँगा। घबराओ नहीं, मैं अली मोहम्मदशाह से कहकर तुम्हें बड़ा इनाम दिलवाऊँगा।"

गले मिलने के लिए अफजल खान आगे बढ़ा, शिवाजी भी आगे बढ़े। अफजल खान का कद बहुत ऊँचा था और शिवाजी कद में उससे छोटे थे। जैसे ही शिवाजी ने गले मिलने के लिए अपना सिर अफजल

खान की छाती के बगल के बीच रखा, अफजल खान ने उनके सिर को अपनी बगल में दबोच लिया और बड़ी फुरती से दूसरे हाथ से कटारी निकालकर शिवाजी के पेट पर चलाई। शिवाजी ने अंदर लौह-कवच पहन रखा था। कटारी कवच पर खरखराई। वे तुरंत समझ गए कि उन पर वार किया जा चुका है। वे मल्लयुद्ध विशेषज्ञ थे, झट उन्होंने अपनी गरदन छुड़ा ली और सिंह की तरह फुरती से उछलकर एक हाथ के बघनखा और दूसरे हाथ से गुप्त कटारी एक साथ खान के पेट में घुसेड़ दिए। खान की अँतड़ियाँ निकल आईं। खून का फव्वारा फूट पड़ा।

"दगा...दगा...मारो...मारो।" कहकर अफजल चिल्लाया और भागा। शिवाजी ने सर्र से तलवार निकाली और एक ही वार में अफजल खान की गरदन उतार दी।

पलक झपकते ही यह सब हो गया। हक्के-बक्के से कृष्णाजी तलवार लेकर शिवाजी की ओर दौड़े, परंतु तलवार का वार शिवाजी पर लगे, उससे पहले ही उन्होंने कृष्णाजी को इतनी जोर का धक्का दिया कि वे दूर जाकर गिरे।

हाथ में नंगी तलवार लिए सय्यद बंडा शिवाजी पर झपटा। बंडा की तलवार शिवाजी के कंधे पर गिरने ही वाली थी कि जीवा महाला ने आगे बढ़कर फुरती से बंडा का हाथ काट डाला। उसके बाद तो जीवा महाला पूरा राक्षस बन गया। उसने आक्रोश में आकर सय्यद बंडा को बीच में से चीर डाला।

दूसरी ओर अफजल खान के अंगरक्षकों को शिवाजी के अंगरक्षकों ने आगे बढ़ने का मौका ही नहीं दिया। वे बाघ की तरह उन पर टूट पड़े और देखते-ही-देखते उनकी लाशें बिछा दीं। शिवाजी का एक भी योद्धा नहीं मारा गया।

तमाम मोरचों पर तैनात शिवाजी के बहादुर सेनानायक तथा सिपाही उनके आदेश का इंतजार कर रहे थे।

शिवाजी का इशारा मिला और दुर्ग पर तैनात सैनिक ने आक्रमण की तुरही बजा दी। 'हर-हर महादेव' के जयघोष के साथ विभिन्न मोरचों पर लगी शिवाजी की सैनिक टुकड़ियाँ अफजल खान की सेना पर टूट पड़ीं। अफजल खान के सैनिक इस प्रकार के हमले से बेखबर थे। अचानक हुए हमले से वे बुरी तरह फँस गए। अफजल खान के मरने की खबर खान की पूरी सेना में फैला दी गई। यह सुनते ही सेना के हौसले पस्त हो गए। सैनिक बुरी तरह मरने लगे और भागने लगे।

मूसे खान ने भागती हुई सेना को आश्वस्त करते हुए कहा, "अरे मूर्खों, भागो मत, अफजल खान मारे गए तो क्या हुआ, हम तो जीवित हैं। जानते नहीं, चारों ओर हम पहाड़ों से घिरे हैं। हम भाग नहीं सकते। भागना हमारे लिए मौत है और आगे बढ़कर शत्रुओं को समाप्त कर देना एक शानदार जीत।"

परंतु बादशाही सेना खौफ खा चुकी थी। हर पत्थर के पीछे से, हर पेड़ के ऊपर से उस पर वार हो रहा था। बादशाही सैनिक समझ नहीं पा

रहे थे कि वे कैसे मुकाबला करें। अफजल खान के बड़े पुत्र फजल खान और याकूत खान ने जब यह देखा कि शिवाजी के बहादुर सैनिक लाशें बिछाए चले जा रहे हैं, कोई जीवित नहीं बच सकता तो वे मूसे खान का साथ छोड़कर भाग खड़े हुए। फरीद खान का पौत्र रणदुल्ला बंदी बना लिया गया। मंबाजी भोंसले की मृत्यु हो गई। अंबर खान कैद हो गया।

रात होने तक शाही सेना में केवल वही जीवित बचे, जिन्होंने हथियार डाल दिए थे, जिसने मुकाबला किया, वह मारा गया। रात होते ही मराठा तलवारें बिजली की तरह चमक उठीं और शाही तलवारें कुंठित हो गईं। कुछ देर और शाही सैनिक कटते रहे, फिर भाग खड़े हुए। मराठा सैनिकों को विजय प्राप्त हुई।

राजगढ़ में माता जीजाबाई आँखों में प्राण लिये राह देख रही थीं। विजय मिलते ही दूत राजगढ़ दौड़ाया गया। दूत से विजयश्री की सूचना पाकर माँ जीजाबाई प्रसन्नता से खिल उठीं।

शिवाजी को इस युद्ध के बाद शाही सेना के पैंसठ हाथी, चार हजार घोड़े, बारह सौ ऊँट, तीन लाख रुपयों के हीरे-मोती व जवाहरात, सात लाख रुपए की स्वर्ण-मुद्राएँ, अनेक तोपें, जरी-मखमल के कीमती कपड़े आदि बड़ी संपत्ति प्राप्त हुई।

शाइस्ता खाँ की पराजय

शिवाजी रण-कला में अत्यंत निपुण थे। उन्हें गुरिल्ला युद्ध की कला में महारथ हासिल थी। जब शाइस्ता खाँ ने शिवाजी के पुरा स्थित लाल महल में अपना डेरा डाला तो शिवाजी ने उससे महज पाँच सौ सैनिकों की मदद से टक्कर लेने की योजना बनाई।

उनके सैनिक कई छोटे-छोटे दलों में बँट गए। सैनिकों ने छुपे रूप में मुगल सेना में घुसपैठ की। कुछ सैनिक बाराती बन गए, कुछ जानवरों का चारा बेचने वाले बन गए तथा कुछ मुगल सेना के संरक्षक दल में भी जा घुसे।

रमजान का महीना था। दिनभर रोजा रखने के बाद सैनिक रात में जमकर भोजन करते थे और रात में खर्राटे भरकर सोते थे।

6 अप्रैल, 1663 को चैत्र शुक्ल अष्टमी के दिन, मध्य रात्रि में दो सौ सैनिकों को साथ लेकर शिवाजी ने शाइस्ता खाँ की छावनी में प्रवेश किया। गश्ती-दल के सैनिक के वेश में वे छावनी में घुस बैठे और सीधे शाइस्ता खाँ के डेरे में प्रवेश कर गए। किसी को शक न हो, इसलिए उन्होंने छोटी-छोटी टोलियाँ बना लीं और लाल महल के पार्श्व में जा पहुँचे।

रात्रि का समय था। दिन निकलने से पहले सबके लिए खाना तैयार

करना और खिलाना अनिवार्य था। सब सैनिक सो रहे थे और खानसामा खाना बनाने की तैयारियों में जुटे थे।

ऐसे समय में शिवाजी ने अपने सैनिकों के साथ रसोईघर में प्रवेश किया। बिना कोई आवाज किए उन्होंने सभी खानसामों को मौत के घाट उतार दिया। उनके सहयोगी छोटे-बड़े नौकरों का भी सफाया कर दिया। शाइस्ता खाँ का शयन-कक्ष रसोईघर की दीवार से लगा था। शिवाजी ने रसोइघर की दीवार में एक बड़ा छेद करवाया और उस छेद में होकर शिवाजी और उनके सैनिक शाइस्ता खाँ के शयन-कक्ष में जा पहुँचे। शिवाजी को अपनी ओर बढ़ता देख शाइस्ता खाँ घबरा गया। वह जान बचाने के लिए भागा। शिवाजी उसके पीछे दौड़े, तभी शयन-कक्ष की दासियों ने बत्तियाँ बुझाकर अँधेरा कर दिया। शिवाजी ने अनुमान से तलवार चलाई, जिससे भागते हुए शाइस्ता खाँ के एक हाथ की चार अंगुलियाँ कट गईं। शाइस्ता खाँ घायल अवस्था में जनानखाने में जा छुपा।

शाइस्ता खाँ का बड़ा लड़का अबुल फतेह खान शिवाजी से भिड़ गया, परंतु शीघ्र ही वह मार डाला गया। अँधेरे में खान की दो पत्नियाँ भी कत्ल हो गईं। चारों ओर हाहाकार मच गया।

चीख-पुकार की आवाजों को दबाने के लिए शिवाजी ने अपने कुछ सैनिकों को नगाड़खाने में घुसकर नगाड़े बजाने का हुक्म दिया। मुगल सैनिक यह समझे कि नगाड़े शाइस्ता खाँ के आदेश पर बजाए जा रहे हैं।

सैकड़ों सैनिकों की लाशें बिछाने के बाद शिवाजी के सैनिक मुगल

सैनिकों में जा मिले और 'दगा-दगा', 'मारो-मारो', 'पकड़ो-पकड़ो' कहकर चिल्लाने लगे। योजनानुसार शिवाजी कुछ सैनिकों के साथ सिंहगढ़ की ओर चले गए।

मुगल सैनिकों को जब असलियत का पता चला तो वे शिवाजी को पकड़ने के लिए भागे, परंतु उन्हें दक्षिण दिशा में दौड़ती मशालें दिखाई दीं। घोड़ों पर सवार मुगल सैनिक उन मशालों को शिवाजी के सैनिकों की मशालें समझकर उनके पीछे दौड़े। वे खुश थे कि शिवाजी को पकड़ लेंगे, परंतु जब पास पहुँचे तो पता चला कि वे सब मशालें बैलों के सींगों में बँधी थीं और बैल सरपट दक्षिण की ओर भागे जा रहे थे। शिवाजी ने बैलों के सींगों में मशालें बँधवाकर उन्हें दक्षिण दिशा की ओर हँकवा दिया और स्वयं विपरीत दिशा में निकल गए। मुगल सैनिक हताश होकर लौट आए।

दिन निकलने पर पता चला कि रात में शाइस्ता खान का जामाता मारा गया। उसका एक पुत्र भी मारा गया, दो पुत्र जख्मी हुए और पचास प्रमुख सेनाधिकारी मारे गए।

एक लाख फौज के घेरे के बीच चंद सैनिकों के साथ शिवाजी ने जो करतब दिखाया, उससे पूरी मुगल सेना दहल गई।

शाइस्ता खाँ ने इस घटना का पूरा दोष जसवंतसिंह के ऊपर मढ़ दिया। इसके ठीक तीन दिन बाद उसने जसवंत सिंह को शिवाजी पर हमला करने का आदेश दिया और स्वयं औरंगाबाद चला गया।

औरंगजेब को जब इस घटना का पता चला तो वह बहुत नाराज हुआ। उसने शाइस्ता खाँ को वहीं से बंगाल का सूबेदार बनाकर भेज दिया और कहा कि वह कभी मुगल सम्राट् को अपना मुँह न दिखाए। उसके स्थान पर औरंगजेब ने अपने पुत्र शहजादा मुअज्जम को दक्षिण का सूबेदार बनाकर भेजा। औरंगाबाद जाकर शहजादा मुअज्जम नाच-गाने और शिकार खेलने आदि मौज मस्ती में डूब गया।

जसवंतसिंह सिंहगढ़ के पास पड़ाव डाले बैठे थे और शिवाजी के रोब से इलाका थर्रा रहा था, परंतु तीन वर्ष तक शाइस्ता खाँ की सेना ने स्वराज्य के क्षेत्र में भारी तबाही मचाई थी। खेती व उद्योग नष्ट हो गए थे। स्वराज्य का कोष रिक्त हो गया था। अतः शिवाजी ने राजकोष भरने की योजना बनाई।

उन्होंने बड़ी कुशलता से सूरत को लूटने की योजना बनाई। सूरत उस समय व्यापार का केंद्र था और धन-दौलत का आगार था। शिवाजी अपने साथ पाँच हजार सैनिक लेकर सूरतनगर पर आक्रमण करने के लिए निकले। वे तथा उनकी पूरी सेना मुगल सेना का वेश बदलकर निकली थी, क्योंकि सूरत तक सारा क्षेत्र मुगलों के अधीन थ। रास्ते में किसी को भनक भी नहीं लग पाई थी कि वह शिवाजी की सेना है।

सूरत पहुँचकर उन्होंने पहले व्यापारियों को संदेश भेजा कि वे शिवाजी से मिलें और उचित धन लेकर प्राणों की मुक्ति पाएँ। उन दिनों इनायत खान मुगल सरदार सूरत की रक्षा के लिए तैनात था।

शिवाजी की धमकी को किसी ने गंभीरता से नहीं लिया, फिर उन्होंने सूरत पर हमला किया और पूरा नगर लूट लिया। स्वराज्य निर्माण के लिए जो धनराशि की आवश्यकता थी, वह पूरी हो गई। शिवाजी सुरक्षित सिंहगढ़ लौट आए।

शाहजी का निधन

स्वराज्य क्षेत्र में शाइस्ता खाँ द्वारा मचाई गई तबाही से शिवाजी को काफी जन-धन की हानि हुई। स्वराज्य का कोष खाली हो गया था। शिवाजी ने कोष भरने के लिए व्यापारियों से धन वसूला। शिवाजी अपनी इस उपलब्धि से संतुष्ट नजर आए। उन्हें अपने पिता शाहजी के निधन का समाचार मिला। यह दुःखद समाचार सुनकर शिवाजी अत्यंत दुःखी हुए। किंतु उन्होंने हौसला नहीं खोया।

माता जीजाबाई ने सती होने का फैसला कर लिया। शिवाजी तथा समस्त सरदारों की प्रार्थना पर माता जीजाबाई ने अपना फैसला बदला।

आदिलशाह ने एक बार फिर शिवाजी को नष्ट करने के लिए दरबार का आयोजन किया। पुनः पान का बीड़ा रखा और घोषणा कि है कोई सूरमा, जो शिवाजी को नष्ट करने का हौसला रखता हो। तब खवास खान आगे आया और उसने बीड़ा उठाते हुए शिवाजी को नष्ट करने की घोषणा की।

एक विशाल सेना लेकर खवास खान चल पड़ा। दुर्भाग्य से इस सेना में शिवाजी के सौतेले भाई इकोजी राजे भोंसले भी थे। अनेक मराठा सरदार, जो शिवाजी के यश से जलते थे, खवास खान का सहयोग देने के लिए आदिलशाही सेना में शामिल हो गए थे।

बाजी घोरपड़े नामक भोंसले वंश का एक बहादुर योद्धा था, परंतु

कुटिल बुद्धि का इतना धनी था कि उसने शिवाजी के पिता शाहजी को कैद करवाने में महत्त्वपूर्ण भूमिका अदा की थी। बाजी घोरपड़े मुस्तफा खान और अफजल खान के साथ शाहजी के डेरे पर आधी रात के समय हमला करने गया था। जब शाहजी लड़ते-लड़ते घायल हो गए तो बाजी घोरपड़े ने ही उन्हें लौह-शृंखला में जकड़ा था।

शिवाजी को जब पता चला कि बाजी घोरपड़े अपनी पूरी सेना जुटाकर खवास खान की सहायता के लिए कोंकण में कुडाल नामक स्थान पर पहुँचने की तैयारी कर रहा है तो उन्होंने पहले बाजी घोरपड़े को ही सबक सिखाने की योजना बना ली। शिवाजी ने चारों ओर से बाजी घोरपड़े को मुघोल में घेर लिया। दोनों में भीषण युद्ध हुआ। बाजी घोरपड़े बहादुर था, युद्ध का उसे बड़ा अनुभव था। वह बड़ी बहादुरी से लड़ा, परंतु जब उसने देखा कि शिवाजी की सेना ने उसके सारे सैनिकों को काट डाला है और शिवाजी उस तक पहुँचने ही वाले हैं तो वह भागने लगा, परंतु शिवाजी एक फुरतीले चीते की तरह नंगी तलवार लिये छलाँग लगाकर उस पर झपटे और उसके सिर को धड़ से अलग कर दिया। क्रोध में शिवाजी ने उसके समस्त परिवारजनों को मौत के घाट उतार दिया और उसके महल में आग लगा दी।

उसके बाद बड़ी फुरती से शिवाजी की सेना कुडाल आ पहुँची और इससे पहले कि खवास खान को बाजी घोरपड़े के समाप्त होने का समाचार मिले, शिवाजी की सेना ने खवास खान की सेना को चारों ओर

से घेर लिया और संदेश भेजा कि वह आत्मसमर्पण कर दे।

परंतु खवास खान घमंडी था। उसने शिवाजी के दूत का अपमान किया और शिवाजी को नष्ट करने की योजना बनाने लगा।

आधी रात के समय जब वह अपने प्रमुख सरदारों के साथ शिवाजी पर हमला बोलने की रणनीति बना रहा था, शिवाजी ने उस पर अचानक हमला कर दिया। हजारों सैनिक काट डाले गए, परंतु खवास खान किसी तरह जान बचाकर भागने में कामयाब हो गया।

खवास खान की सेना को धूल में मिलाने के बाद शिवाजी कुंडाल से आगे बढ़े और उन्होंने फौंडा नामक दुर्ग को घेर लिया।

दुर्गाधिपति महावत खान अत्यंत बहादुरी से लड़ा। जब उसके सारे सैनिक मारे गए, तो उसने आत्मसमर्पण कर दिया। स्वराज्य के सैनिक उसे पकड़कर जब शिवाजी के सामने लाए तो शिवाजी ने उस वीर का स्वयं स्वागत किया तथा उसकी वीरता की मुक्त कंठ से प्रशंसा की। महावत खान ने बीजापुर जाने की इच्छा जाहिर की तो शिवाजी ने उसे कीमती उपहार आदि देकर सम्मानपूर्वक विदा किया। उस बहादुर व्यक्ति को गिरफ्तार कर वीरता का अपमान करना शिवाजी की शान के विरुद्ध था। फिर शिवाजी ने गोवा को पुर्तगालियों से मुक्त करवाने का निश्चय किया। शिवाजी ने गोवा को चारों ओर से घेर लिया, परंतु गोवा के शासकों ने शिवाजी का शानदार स्वागत किया तथा शिवाजी की आधीनता स्वीकार कर ली।

24 नवंबर, 1664 को शिवाजी ने मालवण के निकट एक निर्जन द्वीप पर समुद्री दुर्ग के निर्माण की आधारशिला रखी, इसका नाम रखा गया 'सिंधु दुर्ग'।

फिर उन्होंने शीघ्र ही आदिलशाही राज्य में प्रवेश किया। खुदावंदपुर, हुबली, बेंगुली, सूरत आदि स्थानों पर अपना आधिपत्य जमाते हुए तथा वहाँ के धनी व्यापारियों से स्वराज्य निधि के लिए विपुल धनराशि प्राप्त करके शिवाजी वापस लौटे। शिवाजी ने अपने विजयी अभियान के दौरान विदेशी शक्तियों को भी हिंदुस्तान से दूर रहने का संकेत दे दिया।

शिवाजी की बढ़ती ताकत, शोहरत और अजेयता से औरंगजेब चिंतित हो उठा। वह स्वयं दक्षिण आने में असमर्थ था और शिवाजी की दक्षिण पर पकड़ से उसके होश उड़ गए थे।

उसने बड़ी कूटनीति से काम लिया। लोहे को लोहे से काटने की नीति में माहिर औरंगजेब ने राजपूत राजा जयसिंह को बुलवाया। जयसिंह बड़े नीति-निपुण, युद्ध-कला में कुशल वयोवृद्ध राजा था। उसका कुल राजा अकबर के समकालीन राजा मानसिंह का कुल था, जिसने अपनी बहन अकबर को ब्याह दी थी तथा अकबर की विशाल सेना लेकर हल्दीघाटी के मैदान में वीर शिरोमणि महाराणा प्रताप को ललकारा था।

राजा जयसिंह को अत्यधिक सम्मान देने के बाद औरंगजेब ने उसे शिवाजी को नष्ट करने का दायित्व सौंपा।

जयसिंह और शिवाजी

30 सितंबर, 1664 को औरंगजेब का जन्मदिन था। इसी दिन औरंगजेब ने अपने अनेक पराक्रमी सेनापतियों सहित एक विशाल सेना देकर राजा जयसिंह को शिवाजी पर विजय पाने के लिए रवाना किया।

9 जनवरी, 1665 को विशाल सेना के साथ राजा जयसिंह ने नर्मदा नदी पार की और 10 फरवरी, 1665 को वह औरंगाबाद जा पहुँचा। वहाँ सूबेदार शहजादा मुअज्जम की सेना को साथ लेकर 3 मार्च, 1665 को वह पूना पहुँचा।

राजा जयसिंह ने बड़ी कूटनीति से काम लिया। उसने शिवाजी को सीधे चुनौती देने के स्थान पर शिवाजी के प्रदेश में जुल्म ढाना शुरू कर दिया।

मंदिर तोड़े जाते, लोगों का कत्लेआम किया जाता, गाँव के गाँव जलाकर राख कर दिए जाते। पूरे क्षेत्र में हाहाकार मच गया। राजा जयसिंह शिवाजी के क्षेत्र में वह हालत कर देना चाहता था कि लोग भयभीत हो जाएँ और शिवाजी के विरुद्ध हो जाएँ।

13 अप्रैल, 1665 को विशाल मुगल सेना ने वज्रगढ़ जीत लिया। शिवाजी के सैनिकों ने आत्मसमर्पण नहीं किया। मुगल सैनिकों ने उन्हें पकड़ लिया और राजा जयसिंह के समक्ष प्रस्तुत किया। जयसिंह ने उन्हें

बड़े-बड़े प्रलोभन दिए, प्राणों का भय दिखाया, यातनाओं का भय दिखाया, पर वे विचलित नहीं हुए। फिर उसने एक राजनैतिक चाल चली। उसने सभी गिरफ्तार सैनिकों को रिहा कर दिया और शिवाजी के पास जाने दिया।

राजा जयसिंह पुरंदर का किला जीतना चाहता था। उस समय पुरंदर के गढ़ की रक्षा मुरारबाजी कर रहे थे।

मुगलों की विशाल सेना ने पुरंदर के दुर्ग को चारों ओर से घेर लिया। दो मास तक भीषण युद्ध हुआ। मुगल सेना ने तोपों से किले पर हमला किया। दुर्ग की रक्षा करते-करते मुरारबाजी वीरगति को प्राप्त हुए, परंतु बचे हुए मुट्ठी भर सैनिक विशाल मुगल सेना का मुकाबला करते रहे।

उन्होंने दुर्ग को मुगलों के हाथों में नहीं जाने दिया और जान की बाजी लगा दी। हजारों सैनिक वीरगति को प्राप्त हो चुके थे। राजा जयसिंह के भी हजारों सैनिक मारे गए, परंतु दुर्ग प्राप्त न हो सका।

मुगल सेना का नेतृत्व दिलेर खान कर रहा था। उसने तैश में आकर अपनी पगड़ी को नीचे फेंकते हुए प्रतिज्ञा की कि 'जब तक पुरंदर पर कब्जा नहीं कर लूँगा, तब तक यह पगड़ी धारण नहीं करूँगा।'

राजा जयसिंह की सेना में चौदह हजार मुगल सैनिक थे, जिनमें अधिकांश हिंदू थे। इसके कई गुने उनके अपने सैनिक थे, जो लगभग सभी हिंदू थे। इस प्रकार इस टकराव में दोनों ओर से हिंदुओं का ही रक्त बह रहा था। कट्टर और चतुर औरंगजेब ने राजा जयसिंह को कमान

सौंपकर ऐसी चाल चली कि हिंदू वीर आपस में ही लड़कर समाप्त हो जाएँ और हिंदुस्तान पर मुसलिम शासन का रास्ता साफ हो जाए।

शिवाजी इस स्थिति से बहुत दुःखी हुए। जयसिंह ने हिंदू सेना का इस्तेमाल कर हिंदुओं के धर्म-स्थलों का विनाश करवाया।

शिवाजी औरंगजेब की हिंदू से हिंदू को टकराने की नीति से भली-भाँति परिचित थे। अतः उन्होंने जयसिंह से सीधी टक्कर लेने में गुरेज किया।

शिवाजी ने बड़े धैर्य के साथ सोचा और इस महाविनाश को बचाने के लिए जयसिंह को अनेक पत्र लिखे। इन पत्रों में जयसिंह की प्रशंसा भी थी, निंदा भी और यह प्रयास किया गया था कि वह मूर्ख व्यक्ति यह समझ जाए कि औरंगजेब ने उसे मोहरा बनाकर हिंदू-शक्ति के विनाश की योजना बनाई है और यह भी कि जयसिंह औरंगजेब-विरोधी हो जाए तथा शिवाजी से मिल जाए।

एक पत्र में उन्होंने लिखा, "मैंने सुना है कि तुम मुझ पर आक्रमण कर इस दक्षिण प्रदेश को जीतने के लिए आए हो। हिंदुओं के हृदय और उनकी आँखों से रक्त निकालकर तुम अपना मुख चमकाना चाहते हो, परंतु तनिक सोचो तो, इससे तो तुम्हारे मुख पर कालिख ही लगेगी।

"यदि तुम स्वयं अपने लिए दक्षिण विजय करने आए होते तो मैं पलक-पाँवड़े बिछाकर तुम्हारा स्वागत करता। तुम्हारे घोड़े की रास पकड़कर मैं तुम्हारे साथ चलता और संपूर्ण दक्षिण प्रांत जीतकर तुम्हें

सौंप देता, परंतु तुम तो उस कुटिल औरंगजेब की ओर से आए हो, जो सज्जनों को धोखा देने की कला में निपुण है। उस औरंगजेब की गुलामी के लिए तुमने अपनी विशाल सेना को दाँव पर लगा दिया है, जिसने हिंदू धर्म का सर्वनाश कर हिंदुस्तान को अखंड मुसलिम साम्राज्य में बदलने की कसम खा रखी है।

"तुम्हारी इस नीति ने मुझे धर्मसंकट में डाल दिया है। मैं अपने हिंदू भाइयों पर कैसे प्रहार कर सकता हूँ? औरंगजेब यह चाहता है कि सारे हिंदू वीर युद्ध में समाप्त हो जाएँ, हिंदू समाज में कोई बलशाली न रहे। वह जानते हैं कि सिंह आपस में लड़ें तो उनका विनाश आसान हो जाता है, परंतु तुम्हारी बुद्धि में उसकी यह चाल नहीं आई।"

शिवाजी ने जयसिंह को तर्क देकर समझाने का प्रयास करते हुए कहा कि यदि तुम्हारी काटने वाली तलवार में धार है और तुम्हारे कूदने वाले घोड़े में दम है तो अपना यह बल अपने धर्म के शत्रु के विरुद्ध इस्तेमाल करो। इसलाम को इस देश से जड़-मूल से उखाड़ फेंकने के लिए आगे बढ़ो। मेरे साम्राज्य का बच्चा-बच्चा तुम्हारे साथ होगा। शिवाजी ने जयसिंह को कहा, "कि वह अपने पौरुष व पराक्रम का प्रयोग औरंगजेब की सेना के खिलाफ करें, न कि हिंदुओं के। परस्पर लड़ने का यह समय नहीं है। इसके अलावा कुछ गुप्त बातें भी हैं, जो मैं तुमसे एकांत में मिलकर करना चाहता हूँ। मैं अपनी तलवार और अपने घोड़े की शपथ लेकर कहता हूँ, देश तथा धर्म की शपथ लेकर कहता हूँ

कि मेरे कारण तुम पर कभी कोई आपत्ति नहीं आएगी।"

परंतु राजा जयसिंह की राजभक्ति न कम होनी थी, न हुई। शिवाजी के पत्रों का उसके दिल पर कोई प्रभाव नहीं पड़ा। राजा जयसिंह की बुद्धि पूरी तरह भ्रष्ट हो चुकी थी। वह हिंदू स्वराज्य को नष्ट करने पर आमादा था।

उसने शिवाजी को पत्र में लिखा, "बादशाह की शरण में जाने में ही कल्याण है। अतः अपना सबकुछ बादशाह के चरणों में समर्पित कर दो और मुगल सम्राट् की अधीनता स्वीकारो।"

शिवाजी ने जयसिंह से मिलने की इच्छा प्रकट की। जयसिंह भी तैयार हो गया।

अपने साथ एक हजार चुने हुए सैनिक लेकर महादेव के दर्शन कर, भवानी देवी को प्रणाम कर, अपनी माता जीजाबाई से आशीर्वाद लेकर हिंदुओं के महाविनाश को बचाने की खातिर शिवाजी जयसिंह के पास जा पहुँचे।

जयसिंह ने शिवाजी के साथ पुत्रवत् स्नेह दिखाया और उन्हें अपने आसन पर बैठाया। यह स्थान इस प्रकार तैयार किया गया था कि यहाँ से पुरंदर के दुर्ग पर होनेवाला भीषण युद्ध व नरसंहार साफ-साफ दिखाई पड़े।

शिवाजी की दृष्टि किले पर जा पहुँची। जयसिंह यही चाहता था। शिवाजी ने देखा कि विशाल मुगल सेना से मराठे प्राणों की बाजी लगाकर

जूझ रहे थे, वे मरते-मरते भी मुगल सेना को काट रहे थे। दोनों ओर से हिंदुओं का महाविनाश देख शिवाजी का दिल भर आया।

उन्होंने तुरंत अपने छोटे-बड़े तेईस किले मुगल सम्राट् के नाम लिख दिए। केवल छोटे-बड़े 12 किले तथा चार लाख की आय देने वाला प्रदेश शिवाजी ने अपने पास रखा।

तीन दिन तक संधि-वार्त्ता चली और अंत में यह तय हुआ कि शिवाजी मुगल सम्राट् औरंगजेब से दिल्ली जाकर मुलाकात करेंगे। शिवाजी ने जयसिंह का दिल पूरी तरह से जीतने के बाद उन्हें यह सुझाव दिया कि इस समय आदिलशाही कमजोर है। उस पर हमला कर उसे जीता जा सकता है।

जयसिंह ने अनेक सरदारों के विरोध के बावजूद बीजापुर पर हमला कर दिया, परंतु आदिलशाही के हाथों मुगलों को हारना पड़ा और उनका भारी नुकसान हुआ। शिवाजी से 23 किले जीतने का सारा उत्साह मिट्टी में मिल गया।

शिवाजी की गिरफ्तारी

औरंगजेब ने शिवाजी को आगरा के दरबार में बुलाया। शिवाजी ने वक्त की नजाकत को भाँपते हुए औरंगजेब के दरबार में जाने का मन बना लिया। औरंगजेब यह भली-भाँति जानता था शिवाजी से सीधी टक्कर लेना उचित नहीं है। अतः उसने छल-कपट का सहारा लेकर शिवाजी को गिरफ्तार कर लिया।

जयसिंह के पुत्र रामसिंह को जब यह पता चला कि शिवाजी को गिरफ्तार कर लिया गया है और उन्हें सबसे खतरनाक किलेदार राव अंदाज खाँ की देख-रेख में रखने की योजना बनाई गई है, तो वह दौड़कर औरंगजेब के पास पहुँचा।

उसने औरंगजेब से विनय की कि शिवाजी को उस क्रूर किलेदार को न सौंपा जाए। उनकी सुरक्षा का वचन देकर मैं उन्हें आगरा लाया था। अन्य अनेक राजपूतों का दबाव पड़ा। तब औरंगजेब मान गया।

शिवाजी को कोकिल में कैद कर दिया गया। सिद्दी फौलाद खाँ को शिवाजी पर कड़ी निगरानी रखने का दायित्व सौंपा गया।

औरंगजेब बड़ा चतुर था। वह राजपूतों की ताकत से अच्छी तरह वाकिफ था। उसने राजपूतों को चुनौती देने का भी निर्णय नहीं लिया।

शिवाजी को कैद करके उन पर कड़ा पहरा लगा दिया गया। परंतु

शिवाजी धीर, वीर और बुद्धिमान् थे। उन्होंने अपने चेहरे पर शिकन तक नहीं आने दी। उन्होंने बादशाह को पत्र लिखने आरंभ कर दिए। आरंभ में औरंगजेब पत्रों से चिढ़ गया और उसने योजना बनाई कि वह एक मजबूत इमारत बनवाएगा और उसमें शिवाजी को कैद कर देगा। उसने अपने एक क्रूर सरदार फिदाई हुसैन को ऐसी इमारत बनाने का आदेश दिया।

इमारत बननी शुरू हो गई, विट्ठलदास की हवेली को किले का रूप दिया जाने लगा।

शिवाजी को पता लग गया कि उन्हें किले से निकालकर उस इमारत में रख दिया जाएगा और फिर वे वहाँ से कभी नहीं निकल पाएँगे।

शिवाजी ने औरंगजेब को पत्र लिखा कि उनके साथ आए सभी सैनिकों को सुरक्षित वापस भेज दिया जाए, जिससे वे जाकर अपनी खेती-बाड़ी में लग जाएँ तथा कुछ सेवक उनकी सेवा के लिए छोड़ दिए जाएँ, क्योंकि उनकी तबीयत ठीक नहीं है।

औरंगजेब ने खुशी-खुशी शिवाजी की ये दोनों प्रार्थनाएँ मान लीं। शिवाजी के इस पत्र से वह बहुत खुश हुआ। उसे पक्का विश्वास हो गया था कि अब शिवाजी टूट चुका है और बीमार रहने लगा है। अपने सैनिकों को वापस भेजकर वह बादशाह के लिए आसानी ही कर रहा है।

बादशाह ने वैद्य और हकीम शिवाजी की देखरेख के लिए भेजे, परंतु वह मन-ही-मन दुआ करता था कि शिवाजी ठीक न हो पाएँ। शिवाजी भी यही चाहते थे कि बादशाह की मुराद पूरी हो और वह कभी ठीक न

हों। उनकी तबीयत दिन-पर-दिन गिरने लगी।

शिवाजी ने बादशाह से निवेदन किया कि अब वे मनौती मानना चाहते हैं तथा नगर में कुछ लोगों के यहाँ मिष्टान्न भिजवाना चाहते हैं।

बादशाह खुश हुआ। उसने शिवाजी को मनौती मानने और मिठाई भेजने की अनुमति दे दी।

परंतु पहरेदार मिठाई के बड़े-बड़े टोकरों पर शक करते थे और उन्हें खोल-खोलकर देखते थे, परंतु कुछ दिनों बाद शिवाजी के सेवकों ने पहरेदारों को अलग से मिठाई देना शुरू कर दिया और वे टोकरे बिना खोले ही बाहर ले जाने की अनुमति देने लगे। धीरे-धीरे पहरेदारों को दी जाने वाली मिठाई की मात्रा बढ़ती गई और धीरे-धीरे उसमें अफीम मिलाई जाने लगी।

अचानक शिवाजी के सेवकों ने सबको बताया कि उनकी तबीयत ज्यादा खराब हो गई है और वे एकांत चाहते हैं। पहरेदारों ने उनकी बात मान ली। उस दिन पहरेदार दो बड़े टोकरे अंदर लाए। जब वे टोकरे बाहर निकाले गए तो उनमें मिठाई नहीं थी। एक में शिवाजी स्वयं थे और दूसरे में उनके पुत्र शंभाजी। पिटारे ले जाने वाले दोनों सेवक शिवाजी के दो सेनापति थे। पहरेदारों को पहले की तरह खूब मिठाई खाने को दी गई।

सारे पहरों को लाँघकर सेवक पिटारे लिये बाहर निकले और सुनिश्चित स्थान की ओर चल पड़े। रास्ते में शिवाजी के वे सभी सैनिक वेश बदलकर चौकसी करते मिले, जिन्हें बादशाह ने आगरा से वापस

भेज दिया था। वे सैनिक वापस नहीं गए थे, बल्कि शिवाजी को जेल से मुक्त करवाने की योजना बनाने के लिए आगरा में ही यहाँ-वहाँ रुक गए थे।

शिवाजी की मुक्ति

शिवाजी सचमुच एक सच्चे योद्धा व साहसी शासक थे। उन्होंने संकट की घड़ियों में भी धैर्य का दामन नहीं छोड़ा। औरंगजेब अत्यंत कुटिल व चालबाज था। उसने शिवाजी को जिस चतुराई व छल से बंदी बनाया, शिवाजी ने भी जैसे को तैसा नीति अपनाते हुए उसकी कैद से फरार होने में कामयाबी हासिल कर ली।

17 अगस्त, 1666 को भाद्रपदी द्वादशी को सायं 7 बजे शिवाजी जेल से निकले थे। उस समय अँधेरा होने लगा था, आसमान में घने बादल थे और बिजली चमक रही थी।

जिस समय पिटारे बाहर निकले, शिवाजी का एक विश्वासपात्र सेवक हीरोजी फर्जंद बिस्तर पर शिवाजी बनकर लेट गया और मदारी मेहतर नाम का लड़का उसके पैर दबाने लगा। हीरोजी ने शिवाजी की अँगूठी अपनी उँगली में पहन रखी थी और जान-बूझकर वह हाथ बाहर निकाल रखा था।

जब भी कोई पहरेदार अंदर झाँकता, मदारी मेहतर इशारे से कह देता, "अभी-अभी आँख लगी है, शिवाजी दो दिन से सो नहीं पाए थे, आवाज मत करना।"

पूरी रात उसी तरह बीत गई। दूसरा दिन निकला, सुबह और दोपहर

भी सकुशल निकल गई।

दोपहर के बाद मदारी मेहतर किसी बहाने से चला गया। थोड़ी देर के बाद हीरोजी फर्जंद उठा और उसने शिवाजी का वेश उतार दिया। अपने कपड़े पहने और तकिए बिस्तर पर ठीक से लगाकर इस प्रकार शॉल से ढक दिया, जिससे लगे कि कोई सो रहा है।

दरवाजे के पास बैठे पहरेदारों से उसने कहा, "शिवाजी महाराज सो रहे हैं, आवाज न करना, मैं दवा लेकर अभी आता हूँ।"

जब मदारी मेहतर और हीरोजी में से कोई भी नहीं लौटा तो पहरेदारों का माथा ठनका। उन्होंने पहरेदारों के प्रमुख से सलाह ली। प्रमुख को शक हुआ। पहरेदारों को लेकर वह शिवाजी के कमरे में पहुँचा, परंतु जैसे ही उन्होंने शॉल हटाकर देखा, उसकी चीख निकल गई।

इस घटना की सूचना तुरंत फौलादी खान को दी गई। पहरेदारों ने बहुत देर तक किसी को नहीं बताया। वे डर के कारण चुप्पी साधे रहे।

फौलादी खान पहरेदारों पर बहुत बिगड़ा, फिर उसने तुरंत औरंगजेब को सूचना दे दी।

नगर का चप्पा-चप्पा छान मारा गया, परंतु शिवाजी का कहीं कोई पता नहीं लगा। पूरे नगर में यह खबर फैल गई कि फौलादी खान के एक हजार सैनिकों के पहरे को तोड़कर शिवाजी जेल से फरार हो गए।

शिवाजी कहार बने अपने साथियों के साथ यमुना-तट पर पहुँचे। वहाँ नानाजी घोड़े लिये तैयार खड़े थे। घोड़ों पर बैठकर सबने यमुना पार

की। ढूँढ़ने वालों को चकमा देने के लिए दो बार नदी पार की गई। यमुना पार कर वे सब वेश बदलकर मथुरा चले गए, वहाँ से काशी आ गए। सबने मुंडन करवा लिया था और शरीर पर भभूत मलकर गेरुए वस्त्र धारण कर लिए थे।

मथुरा में मोरोपंत पिंगले के साले कृष्णाजी त्रिमल रहते थे। शिवाजी ने अपने पुत्र शंभाजी को उन्हें सौंप दिया।

हाथों में खड़ताल, चिमटे और दंड-कमंडल लिये शिवाजी की यह मंडली काशी से पटना जा पहुँची।

पटना से भावनगर, बीजापुर होते हुए कोंकण व महाबलेश्वर पहुँचे और फिर 'स्वराज्य' में प्रवेश किया।

20 नवंबर, 1666 को मार्गशीर्ष शुक्ल पंचमी के दिन यह टोली राजगढ़ आ पहुँची। माता जीजाबाई के पास किलेदार के माध्यम से संदेश भिजवाया गया कि साधुजन उनसे मिलना चाहते हैं।

जीजाबाई की अनुमति से साधुओं की टोली ने भवन में प्रवेश किया। माता जीजाबाई बड़ी लगन से साधुओं के भजन सुनने लगीं।

एकाएक एक साधु उठा और माता जीजाबाई के चरण छूने लगा।

जीजाबाई सकपका गईं। "साधु किसी के चरण नहीं छूते।" जीजाबाई ने कहा।

तभी साधु बने निराजी रावजी आगे बढ़े और बोले, "माताजी, यह आपके पुत्र शिवाजी महाराज हैं।"

शिवाजी ने सिर पर बाँधा साफा खोल दिया। माता जीजाबाई ने उन्हें पहचान लिया और अपने पुत्र को गले से लगा लिया। माँ-बेटे की आँखों से खुशी के आँसू झरने लगे।

तब निराजी राव ने औरंगजेब की जेल से छूटकर आने आदि तक सब घटनाएँ जीजाबाई को विस्तार से सुनाईं। सुनकर जीजाबाई का कलेजा मुँह को आ गया।

शिवाजी के जेल से भागने के बाद औरंगजेब ने पूरी कोशिश की, परंतु शिवाजी को न पकड़ सका। इससे वह बौखला गया और उचित-अनुचित का भेद भूलकर जनता पर अनेक प्रकार के अत्याचार करने लगा।

उसने जयसिंह के बेटे रामसिंह को दरबार से निकाल दिया। उनके रिश्तेदारों तथा सैनिकों को जेल में डाल दिया। शिवाजी के दो प्रमुख दूत, जो शिवाजी का संदेश लेकर औरंगजेब के पास जाया करते थे, उन्हें उसने बंदीगृह में डाल दिया। शिवाजी के पूर्व सेनापति नेताजी पालकर तथा उनके चाचा कोंडाजी को पकड़कर जेल में डाल दिया गया। इतना ही नहीं, नेताजी को कठोर यातनाएँ देकर जबरदस्ती मुसलमान बनाया गया।

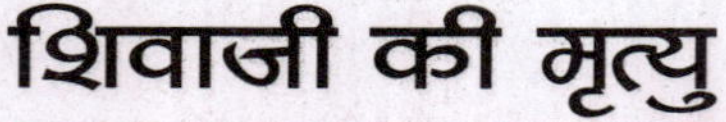

शिवाजी की मृत्यु

शिवाजी जीवनपर्यंत संघर्ष करते रहे। वे मुगलों के आगे कभी नतमस्तक नहीं हुए। लेकिन अपने परिजनों के विद्रोही झंझावात को बरदाश्त करने में असमर्थ रहे।

15 मार्च, 1680 को शिवाजी ने अपने छोटे पुत्र राजाराम का विवाह किया। पुत्र शंभाजी भी शिवाजी के सिद्धांतों से हट गया था। इससे उन्हें भारी दुःख हुआ। शंभाजी को रास्ते पर लाने के लिए उन्हें भारी शारीरिक व मानसिक कष्ट झेलने पड़ रहे थे।

23 मार्च, 1680 को उन्हें ज्वर ने दबोच लिया। बहुत उपचार के बाद भी ज्वर न उतरा। शिवाजी के शरीर में क्षीणता आने लगी। वे समझ गए कि अब अंतिम समय निकट आ रहा है।

उन्होंने अपने मंत्रियों को बुलाकर विचार-विमर्श किया और शंभाजी के पास बँटवारे का प्रस्ताव भेजा, परंतु शंभाजी शिवाजी से इतना नाराज था कि उसने यह प्रस्ताव ठुकरा दिया। शंभाजी शिवाजी की दूसरी पत्नी सोयराबाई और उससे उत्पन्न पुत्र राजाराम से बुरी तरह चिढ़ता था।

शिवाजी ने अपने परिवारजनों को समझा-बुझाकर परिवार में शांति स्थापित करने के प्रयास किए, परंतु परिवार में शांति न आ सकी।

शिवाजी की गिरती दशा व उनके मानसिक कष्ट से सब दुःखी थे।

शिवाजी ने उन्हें समझाया, "सबका अंत समय आता है, मेरा भी आ गया है, इसके लिए शोक क्यों? यह काया तो नश्वर है, एक दिन जाती ही है।"

और फिर चैत्र की बुद्ध पूर्णिमा, 3 अप्रैल, 1680 को अपनी तलवार से शत्रुओं के छक्के छुड़ाने वाले उस लौह-पुरुष शिवाजी ने परिवार कलह के बीच अंतिम साँस ली। समूची हिंदू जाति को शौर्य एवं स्वाभिमान से भरने वाला वह अमर दीप बुझ गया और उसका प्रकाश अमर ज्योति में विलीन हो गया।

उस वीर पुरुष की गाथा भारत का इतिहास युग-युग तक गाता रहेगा।